I0635094

Première Livraison.

LES

SOUPIRS DE MA LYRE

ESSAIS POÉTIQUES

PAR

MARIUS COSTE

QUATRIÈME ÉDITION REVÛE ET CORRIGÉE

MARSEILLE

EN VENTE A LA LIBRAIRIE MABILLY

24, Allées de Meilhan, 24

1875

Y

LES

SOUPIRS DE MA LYRE

ESSAIS POÉTIQUES

PAR

MARIUS COSTE

QUATRIÈME ÉDITION REVUE ET CORRIGÉE

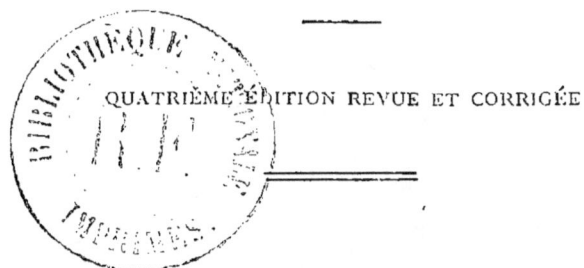

MARSEILLE

EN VENTE A LA LIBRAIRIE MABILLY

24, Allées de Meilhan, 24

1875

LA VIERGE MARIE

A SA COUSINE ELISABETH.

ODE I.

Mon âme a loué Dieu dans sa magnificence.
Mon cœur a tressailli de joie et d'espérance
En voyant ses bienfaits, sa libéralité.
Et tous les attributs où sa gloire étincelle.
Son pouvoir infini, sa grandeur immortelle.
    Et sa sagesse et sa beauté.

Tandis que je l'aimais d'un amour plein de crainte.
Du trône éblouissant de sa majesté sainte.
Il a, dans sa bonté, regardé mon néant.
Elevant jusqu'au ciel mon origine obscure.
Il a lui-même orné son humble créature
    Du bienfait le plus éclatant.

Oui, ce Dieu dont jadis la parole féconde
Fit sortir du néant et le ciel et le monde.
Dont le nom à jamais est saint et respecté,

Ce Dieu sublime et grand, fidèle à ses oracles,
Vient d'accomplir en moi le plus grand des miracles
  De son pouvoir illimité.

Pour le choix dont il daigne honorer sa servante,
Le ciel tressaillera d'une joie enivrante;
Lucifer poussera mille cris impuissants,
Ebranlant de l'enfer la voûte ténébreuse;
Les générations m'appelleront heureuse,
  Au-delà du monde et des temps.

Heureux aussi celui qui devant Dieu s'empresse
D'avouer ses forfaits, ses fautes, sa faiblesse,
Implorant humblement son paternel appui.
Ce qu'il demande à Dieu, Dieu fidèle l'accorde,
Et les riches trésors de sa miséricorde
  Ne se ferment jamais sur lui.

Que dis-je? Le Seigneur, rempli de bienveillance,
A maintes fois comblé d'une heureuse abondance
Le pauvre abandonné, digne de son amour.
Au contraire, on l'a vu, de sa main souveraine,
Frapper, dans ses trésors, l'impiété hautaine
  Et la dépouiller sans retour.

Même les potentats qui portent des couronnes,
Il les a renversés du sommet de leurs trônes,
Lorsqu'ils ont essayé d'insulter à ses droits.
Au souverain pouvoir, où sa grandeur réside,
Il a placé soudain l'humilité timide,
  Qui respectait toutes ses lois.

Du peuple d'Israël, que souvent sa justice
Par des coups foudroyants sauva du précipice,
Il se souvient encor. Tout ce qu'il fit pour lui
Sur la rive étrangère, et mille autres merveilles
Dont il frappa longtemps ses yeux et ses oreilles,
  Il le renouvelle aujourd'hui.

Sur moi-même, à mon tour, l'objet de ses tendresses,
Il va dans peu de temps accomplir les promesses,
Que reçut Abraham de ce Dieu protecteur;
Lorsqu'il lui révéla qu'à la nature humaine,
De la faute d'Adam traînant la lourde chaîne,
  Il enverrait un rédempteur.

LE DRAPEAU BLANC.

ODE II.

Salut, ô drapeau blanc, noble étendard de France,
Toi, si beau par ta gloire et tes rayons vainqueurs,
Toi, dans nos jours de deuil et d'amère souffrance,
    Seul espoir de nos cœurs!

Qui n'admira jadis ta haute destinée,
Tes luttes, tes combats, tes élans indomptés,
Quand tu traînais partout la victoire enchaînée
    A tes plis argentés?

Quand tu faisais briller, dans le feu des tempêtes
Où la France envoyait ses magnanimes fils,
La fureur dans leurs yeux, les lauriers sur leurs têtes,
    La splendeur dans tes lis.

Quand, frappant l'ennemi de crainte et d'épouvante
Par le terrible aspect des succès de nos rois,
Tu remplissais la France et l'Europe tremblante
    Du bruit de leurs exploits.

Quel mortel insensé refuserait de croire
Que tu fis triompher nos illustres aïeux,
Tant qu'ils osèrent suivre au champ de la victoire
    Ton vol impétueux!

Mais lorsque, en renversant ta vieille monarchie,
En promenant la mort de Versaille à Paris,
Ils eurent introduit l'hydre de l'anarchie
    Dans l'empire des lis:

Que ne détruisit pas leur instinct parricide?
Que de sang répandu! Que de crimes affreux!
Que de Français, atteints d'une rage homicide,
    Qui s'égorgeaient entre eux!

Et quand donc déplorant leurs haines intestines,
Qui nous ont affligés d'un déluge de maux,
Cesseront-ils de mettre et la France en ruines
    Et sa gloire en lambeaux?

Ah! si Dieu s'est ému des pleurs de l'innocence,
De tant de pleurs amers, répandus devant lui,
De ce jour fortuné que désire la France
    Si le soleil a lui,

Toi, qui jusqu'à Paris, de victoire en victoire,
Guidas Henri le Grand des champs d'Arque et d'Ivry,
Rends-nous, noble étendard, amant de notre gloire,
    Notre nouvel Henri.

Henri, pour nous, Français, est un excellent père.
A lui seul notre foi, nos vœux et notre amour !
Puisse, drapeau chéri, ton ombre tutélaire
    Protéger son retour !

De Frosdorf à Paris, à ce prince intrépide
Qui doit régner sur nous, viens frayer le chemin,
Qu'il élève les Francs, sous ton puissant égide,
    A leur plus haut destin !

Qu'il sauve la patrie ! et qu'une ère nouvelle
La fasse de nouveau briller au premier rang,
Comme la fit fleurir, sur sa tige immortelle,
    La main d'Henri le Grand !

Que la paix, l'union, le travail, l'industrie,
Qui ramènent toujours l'aisance et le bonheur,
Renaissant dans la France, aux revers aguerrie,
    Préparent sa grandeur !

Que nos vaisseaux, bravant la colère des ondes,
Se jouant des écueils, des abîmes profonds,
Avec tous nos produits, portent dans les deux mondes,
    La gloire des Bourbons !

Notre patrie alors puissante, souveraine,
Sur les peuples voisins s'élevant de nouveau,
Les surpassera tous, comme un superbe chêne
    Surpasse un arbrisseau.

Et nous, fiers des splendeurs de notre vieille France,
Et des biens que la paix autour d'elle répand,
Nous redirons joyeux de notre renaissance :
VIVE LE DRAPEAU BLANC !

LA REVANCHE

ODE III.

Français, qu'un noble élan vous pousse, vous entraîne
A laver votre honte, à venger votre honneur!
Puissiez-vous affranchir l'Alsace et la Lorraine
    Du joug de l'oppresseur!

Sous un grand roi la France, à vaincre accoutumée,
Courbant les nations sous sa puissante main,
Etendit les exploits de sa vaillante armée
    Jusqu'aux rives du Rhin.

Devant nos étendards, l'Alsace ouvrit ses portes;
Thann, Mulhouse, Strasbourg reconnurent nos lois,
Joyeuses d'accueillir nos illustres cohortes
    Et l'immortel Louvois.

Ce pays très-longtemps fut heureux et tranquille;
Le laboureur content cultivait ses guérets,
Chassait le sanglier, le daim, le faon agile
    Dans ses vertes forêts.

Mais, ô projet infâme ! ô crime irréparable !
Un monarque, jaloux d'une fausse grandeur,
Veut sur ces bords chéris, tyran impitoyable,
    Exercer sa fureur :

Sur tout pays conquis il déchaîne sa rage.
L'Alsace, sous les coups du féroce bourreau,
N'est plus qu'un vaste champ d'horreurs et de carnage,
    Qu'un immense tombeau.

Quels attentats commis par ce prince parjure !
Quels précieux trésors, pillés de toutes parts !
Que d'hommes massacrés, privés de sépulture,
    Sur la poussière épars !

Ici sont égorgés et le fils et la mère,
Malgré les prompts efforts d'un mutuel appui ;
Là, la fille accourue, en défendant son père,
    Tombe et meurt avec lui.

Des plaines, des coteaux, ravagés par la flamme,
Six cents bourgs et cités, tout inondés de sang,
Marqueront dans l'histoire à cette troupe infâme
    Son véritable rang.

Enfants déshérités de la France chérie,
O malheureux pays ! ô peuple infortuné !
Quoi ! vos lares, vos biens, votre riche industrie,
    Tout est donc ruiné !

Adieu, jours de bonheur, de joie et de tendresse !
Ah ! vous n'étiez pour eux qu'un dangereux écueil,
Qui, recouvert de fleurs, cachait à leur ivresse
    Les pleurs et le cercueil.

Mais, que dis-je ? Français, aux larmes de vos frères
Pourriez-vous demeurer inflexibles et sourds ?
Pourriez-vous refuser à leurs humbles prières
    Les plus urgents secours ?

Non, non, protégez-les ! Si la mort les menace,
A vous seuls appartient le droit de les venger.
Français, armez-vous tous et délivrez l'Alsace
    Des fers de l'étranger !

Dès longtemps vos partis, vos haines éternelles
Enervent votre audace et glacent vos transports ;
Français, n'épuisez plus en stériles querelles
    Vos sublimes efforts !

Dans vos sanglants débats, l'Europe vous contemple,
Espérant vous voir mettre un terme à vos excès.
A ses regards craintifs offrez au moins l'exemple
    Du calme et de la paix.

Renoncez pour toujours à vos traits de folie,
Elevez votre cœur vers de plus hauts destins,
Dans un égal danger qu'un seul cri vous rallie :
    « Guerre et mort aux Germains ! »

La guerre pour venger votre commune injure
Sur un peuple insolent, à sa perte animé !
La guerre à ce tyran, cet ennemi parjure,
      Contre le ciel armé !

Vite aux armes ! Formez vos rangs et vos colonnes,
Intrépides neveux de nos anciens guerriers !
Partez pour conquérir d'éclatantes couronnes,
      Dignes de leurs lauriers !

Que chaque région de courroux enflammée,
Sujette au même sort, brave un même péril !
Que tout bourg ait un camp, toute ville une armée,
      Tout Français... un fusil !

Avancez, vous d'abord, vers l'Alsace-Lorraine,
Indomptables Bretons, la terreur des combats !
Venez et foudroyez de la race germaine
      Les féroces soldats !

Et vous, fiers Vendéens, dont l'antique vaillance,
Jadis au champ d'honneur étonna l'univers,
Marchez au premier rang ! en illustrant la France,
      Réparez ses revers !

Engagez, vous aussi, cette lutte héroïque,
Picards, Normands, Gascons, Limousins, Béarnais !
Que tout le peuple Franc, du Rhin à l'Atlantique,
      De Toulon à Calais,

Vienne enfin disperser et briser par la foudre
Ces odieux Germains qu'abritent nos remparts !
Sur les débris fumants de nos murs mis en poudre ,
    Planter nos étendards !

Que les Alsaciens , délivrés des entraves ,
Qui les tiennent captifs sous la loi du plus fort,
Promènent avec nous , chez les Teutons esclaves ,
    La rage et la mort !

Oui, pour déconcerter le plus fourbe des princes,
Exerçons sur son peuple une juste rigueur !
Répandons, dans le sein de ses vastes provinces,
    La crainte et la terreur !

Franchissons tous le Rhin , dans un heureux délire !
Assiégeons ces Germains , conjurés contre nous !
Chassons le souverain de ce nouvel empire ,
    Qui nous épuise tous !

Rendons à ses Etats leurs légitimes maîtres !
Pour eux rétablissons la Diète d'Augsbourg !
Que Guillaume ne soit, comme étaient ses ancêtres,
    Qu'un duc de Brandebourg !

Alors l'aimable paix renaîtra florissante,
Nous ne pleurerons plus consumés de douleur ;
Partout succèderont à la guerre sanglante
    La joie et le bonheur.

LA FRANCE

VICTORIEUSE DES ENNEMIS DE L'ORDRE (1848) (¹).

O D E I V.

Sois bénie à jamais , auguste Providence !
Des complots destructeurs abattant l'insolence,
Tu rends au peuple Franc et la gloire et la paix.
Qu'il proclame à l'envi ta divine tendresse !
      Par des chants d'allégresse,
Qu'il redise partout tes immortels bienfaits !

En vain l'impiété voulait-elle à sa haine
Immoler le pouvoir. Sur nous, en souveraine
En vain étendait-elle un sceptre détesté.
La justice du ciel , par nos larmes fléchie ,
      Fait cesser l'anarchie ,
Et sur le crime enfin triomphe l'équité.

Six mois déjà passés, des esprits indociles,
Rallumant le flambeau des discordes civiles,

---

(1) Cette ode a été composée en janvier 1849 et lue dans une séance
publique le 22 du même mois.

Portaient de toutes parts l'épouvante et la mort.
En vain invoquait-on les lois de la justice :
    De leur haine complice,
Leur code immolait tout à la loi du plus fort.

Voyez leurs bataillons, transportés de démence,
Sur l'armée et les grands déchaîner leur vengeance :
Le souverain pouvoir, d'un coup mortel frappé,
S'écroule tout à coup, ébranlé dans sa base ;
    Dans sa chute il écrase
L'orgueil du potentat qui l'avait usurpé.

L'impiété, dès lors, superbe et menaçante,
Poursuit, le fer en main, sa victoire sanglante ;
Elle trame en tous lieux de funestes complots.
Aux aveugles, séduits par son plan satanique,
    Sa fureur anarchique,
Dans l'enceinte des clubs, se révèle en ces mots :

« Vengeance, citoyens ! peuple Français, vengeance !
» Des riches, par le fer, abattons la puissance,
» Et du peuple opprimé revendiquons les droits :
» Le Christ, de l'univers libérateur suprême,
    » N'a-t-il pas dit lui-même
» Qu'au peuple il appartient de se dicter ses lois ? »

Hommes dénaturés, quel démon parricide
Vous inspire aujourd'hui cette haine perfide

Contre votre patrie ? Où tendent vos desseins ?
Quelle aveugle fureur, quels désirs sanguinaires ,
            Dans le sang de vos frères,
Ont pu faire tremper vos sacriléges mains ?

Quoi ! lorsque vous avez, dans vos transports de rage,
Inondant les cités de sang et de carnage,
Changé leurs jours heureux en des jours de douleur,
Vous voulez assouvir cette aveugle furie,
            Et, dans votre patrie,
En tyrans forcenés, régner par la terreur !

Quel déluge de maux, ô France infortunée,
Va donc fondre sur toi ! Quelle est ta destinée ?
Faut-il que tes enfants t'écrasent sous leurs coups ?
Faut-il que, renversant tes lois inviolables,
            Leurs bras impitoyables
T'immolent pour toujours à d'injustes courroux ?

Non, Dieu des nations, puissant maître du monde,
Qui pourrait pénétrer ta sagesse profonde ?
Les peuples sont régis par tes divins décrets.
Lorsque tout nous prédit la chute de la France,
            Ton aimable clémence
Aux yeux de l'univers la relève à jamais.

Que dis-je ! En triomphant d'une tourbe insolente,
La nation des Francs, sous sa loi bienfaisante,

A rétabli partout un pouvoir respecté,
Elle a de ses enfants apaisé la colère :
    Dans une paix sincère,
Elle fonde l'espoir de sa félicité.

Vous qui, depuis six mois, contemplez ce prodige,
Peuples européens, la raison vous oblige
A graver en ce jour dans votre souvenir,
Qu'aucune nation, s'armant contre elle-même,
    Quand la bonté suprême
Daigne la protéger, ne peut jamais périr.

LE PORTRAIT D'UNE ÉPOUSE

ODE V.

Sous un saule pleureur, au sein d'un cimetière,
Je soupire et gémis auprès de ton cercueil ;
Tendre épouse qui dors sous ce roc funéraire ,
Pourquoi donc à ma joie a succédé le deuil ?
Tu mourus en un jour comme meurt une rose ,
Et moi, le cœur rongé par de profonds regrets .
Je grave , sur la tombe où ta cendre repose ,
Ton image chérie et tes chastes attraits.

En te voyant sitôt par la mort moissonnée,
J'ai vieilli , jeune encor , sous le poids des sanglots.
Que ton portrait si doux, épouse infortunée,
Redonne à mon esprit le calme et le repos !
Puisse-t-il rappeler ton aimable présence,
Ton brillant naturel , tes sublimes vertus ,
De mon cœur affligé relever l'espérance ,
Et rendre la vigueur à mes sens abattus !

J'imprimerai d'abord à ton visage ovale
Ses traits étincelants et son noble maintien ,
Où se reflètera la candeur virginale ,
Qui le transfigurait le jour de notre hymen.
J'imiterai l'éclat de ta beauté si pure ,
Qui ravissait mon cœur au céleste séjour ;
J'ornerai de festons ta blonde chevelure ,
Et mettrai sur ta bouche un sourire d'amour.

Pour exprimer le feu qui brûlait dans ton âme,
Et dont resplendissait ton visage vermeil ;
Puissé-je de tes yeux faire jaillir la flamme,
Et rendre ton regard à nul autre pareil !
Oui, dans tes traits je veux que la beauté rayonne,
Que la douceur se mêle à l'aimable gaîté ;
Je veux ceindre ton front d'une blanche couronne,
Symbole d'innocence et d'immortalité.

Enfin pour terminer ta brillante figure,
Épouse que j'aimais et que je pleure encor,
J'arrondis tes contours, j'achève ta parure,
Au marbre de ton cou je trace un collier d'or.
Que je réveille en tout tes ineffables charmes !
Que ton aspect soit simple, auguste et gracieux !
Qu'en te voyant mes yeux soient inondés de larmes,
Et que mon cœur s'épanche en soupirs amoureux !

Voilà donc ton portrait, ta beauté, ta jeunesse,
Tels que mon cœur, hélas ! désirait les revoir.
O modèle accompli ! tes yeux, pleins de tendresse,
Excitent dans mon âme un cruel désespoir.
Ta mort m'a pour toujours isolé sur la terre,
Et les plaisirs pour moi sont d'amères douleurs.
Jusqu'à mon dernier jour, sur cette froide pierre,
Je viendrai t'apporter le tribut de mes pleurs.

SALON

PETITE VILLE DE PROVENCE.

———

ODE VI.

Salut, ô cité florissante,
Salon, délicieux séjour ;
A mes yeux toujours ravissante,
Toujours aussi digne d'amour.

Vive tes bois où la verdure
Se marie à l'azur des cieux ;
Où les grâces de la nature
Naissent pour le plaisir des yeux.

Vive ta fraîcheur éternelle
Et sa juste célébrité,
Tes prés où la joie étincelle,
Ton élégance et ta beauté.

De tes ruisseaux la course errante
Sillonne plaines et vallons ;
Une fertilité charmante
Brille dans l'or de tes moissons.

Sur chaque ville on voit l'aurore
Amener de tristes soleils ;
Toi, tu parais ne voir éclore
Que des jours sereins et vermeils.

Ton immortelle renommée
Vantait tes plaisirs enchanteurs,
Et mon oreille était charmée
Par le récit de tes splendeurs.

« Le plus beau séjour de la terre,
Redisait la reine aux cents voix,
« Salon réunit pour nous plaire,
» Richesse et délice à la fois.

» Amour de notre âme ravie,
» Salon captive nos regards ;
» Dans ses murs fleurit l'industrie,
» Fille du travail et des arts.

» Sa brise, dont la fraîche haleine
» Apporte, en caressant les fleurs,
» Les nouveaux parfums de la plaine,
» Redonne la vie à nos cœurs. »

Tel est le gracieux langage
De tes visiteurs enchantés.
Tous, nous adressons notre hommage
A tes immortelles beautés.

Pour toi, ravissante merveille,
Que je signale mes accents ;
Daigne à ma voix prêter l'oreille.
Accepte mon plus pur encens.

Oui, noble enfant de la Provence.
A toi, reine de la gaîté,
Dieu donna la magnificence
Et la douce félicité.

Des biens dont le Ciel t'environne.
Qui peut jamais troubler le cours ?
La fortune qui te couronne
Te promet les plus heureux jours.

Regarde du flambeau du monde
Les purs et limpides rayons
Nourrir, de leur chaleur féconde.
Le grain jeté dans tes sillons.

Salon, c'est l'aimable abondance,
Qui germe sur tes bords chéris ;
Ouvre ton cœur à l'espérance
En admirant tes prés fleuris.

Regarde, dans son vol agile.
Le rossignol fendre les airs.
Et remplir ton illustre asile
De ses délicieux concerts.

Ses accents, son retour fidèle
Ont suivi la fin des glaçons.
Et déjà la saison nouvelle
Vient succéder aux aquilons.

Oui, quand le printemps se réveille
Avec ses appas séducteurs,
Salon, ô beauté sans pareille,
Revêts tes plus riches couleurs.

Bois à la coupe enchanteresse
Que t'offre la main des plaisirs.
Que les plus beaux élans d'ivresse
Comblent tes vœux et tes désirs !

De la discorde et de l'envie
Dédaigne tous les vains complots.
Dans les délices de la vie
Savoure la joie à grands flots.

Et tous les soirs, au sein de l'onde,
Quand le soleil s'évanouit,
Dans les bras d'une paix profonde,
Goûte les charmes de la nuit.

Dans les bois verts, dans les prairies
Exhale tes tendres soupirs ;
Que les plus douces rêveries
Soient l'ornement de tes loisirs !

SOUVENIR

DES MASSACRES DE SYRIE (1860).

———

ODE VII.

Entendez-vous les pleurs et les sanglots
D'un peuple en deuil pour son indépendance ?
Des Musulmans les criminels complots
Ont menacé sa paisible existence.
Ses longs gémissements ont ébranlé les airs,
Empreints comme autrefois d'une amère tristesse ;
    Et ce cri de détresse
De ses sombres échos a rempli l'univers :

    « Viens, peuple Franc, accours et sauve-moi,
    » Et rends la joie à mon âme flétrie ;
    » Le Turc féroce, en me glaçant d'effroi,
    » A de nouveau ravagé la Syrie.
» De ses honteux forfaits renouvelant le cours,
» Il envahit mon gîte et s'assied à ma place ;
    » Viens briser son audace,
» Je n'attends que de toi le salut de mes jours.

Cesse tes cris, cher peuple du Liban,
Dont les malheurs ont excité nos larmes :
Des Francs bientôt un généreux élan
Dissipera tes mortelles alarmes.
Ils ont déjà volé sur l'abîme des mers :
Bientôt en abordant sur ton lointain rivage,
Par leur bouillant courage.
Dans la lutte ils sauront réparer tes revers :

Regarde-les de colère embrasés,
Lançant au loin la foudre et la mitraille
Chasser les Turcs, comme ont vit les Croisés
Les expulser des vieux champs de bataille.
C'est ainsi qu'ils devaient te venger de leurs mains,
Dispersant, massacrant, le désespoir dans l'âme,
Par le fer et la flamme.
Ces Druzes dévoués au malheur des humains.

Oui, c'est pour toi que les Francs ont vaincu,
En infligeant des châtiments sévères.
La paix renaît, et le Druze abattu
A regagné ses ténébreux repaires.
Il faisait de sa force un invincible appui :
Mais les Francs ont brisé ses lances insensées,
Contre le Ciel dressées.
Et les flots de sa haine ont rejailli sur lui.

Réjouis-toi, prépare tes lauriers,
Pour célébrer ton plus beau jour de fête ;
Jour où les Francs, par leurs coups meurtriers,
Ont réparé ta sanglante défaite.
Dans tes joyeux concerts, bénis à l'avenir,
De tes libérateurs le zèle et la vaillance ;
Des bienfaits de la France,
Sur le marbre et l'airain, grave le souvenir,

ABD-EL-KADER

(BEY DE MASCARA).

———

ODE VIII.

France, à tes pieds je viens déposer mon hommage,
Et pleurer mes forfaits dont ton cœur a gémi,
Quand je te suscitai, plein de fiel et de rage,
    Tout un peuple ennemi.

Au printemps de mes ans, prêchant la guerre sainte,
Je voulus arrêter le cours de tes exploits.
Ainsi je t'insultais, et je portais atteinte
    Au respect de tes lois.

Des Maures contre toi déchaînant la furie,
Et rallumant partout le zèle musulman,
J'attaquai tes blockhaus, ravageai l'Algérie
    Jusqu'aux portes d'Oran.

Je brûlais les moissons dans tes plaines fertiles ;
Les tiens à mon approche étaient saisis d'effroi;
Pour dévaster leurs biens, Marocains et Kabyles,
    Tous marchaient avec moi.

Nous commettions partout d'atroces violences,
Des confins du Maroc à celles de Tunis,
Détruisant des colons toutes les espérances,
    De l'Atlas à Dellys.

Les peuples africains, dont je me rendais maître,
Me fêtaient à l'envi comme un libérateur.
Heureux de mes exploits, ils croyaient voir renaître
    Leur antique splendeur.

Tlemcen, où mes efforts guidèrent la victoire,
Oran, où de Trézel ma valeur triompha,
Ont illustré le nom, le courage , la gloire
    Du bey de Mascara.

Par ces brillants succès, mes armes couronnées,
Du bruit de mes combats remplirent l'univers ;
Mais ces palmes, hélas ! furent bientôt fanées
    Par la main des revers.

Trois généraux vaincus, après six ans de lutte,
Semblaient me présager des triomphes nouveaux.
L'échec de Mouzaïah fut ma première chute
    Sous mes nombreux rivaux.

Dès lors, plus de repos, plus un seul jour tranquille ;
J'emploie à résister les heures de la nuit.
Pour dérouter les Francs, je cours de ville en ville.
    Mais Bugeau me poursuit.

Sous ses ordres bientôt d'Aumale se présente,
Et, des Maures brisant l'impétueux essor,
M'enlève, dans le feu d'une lutte sanglante,
     Enfants, femmes, trésors.

En vain, je veux braver un malheur qui s'aggrave.
Bou-Maza s'est soumis et ses vaillants soldats :
France, je suis vaincu, décrète à ton esclave
     La vie ou le trépas !

C'est moi qui le premier t'ai déclaré la guerre.
Que je cueille le fruit de mon inimitié !
Abd-el-Kader se livre à ta juste colère,
     Pour lui point de pitié !

En te persécutant, je nageais dans la joie.
Sur ma vie à ton tour déchaîne tes fureurs !
Joins au malheureux sort, que le destin m'envoie,
     Tes dernières rigueurs !

Mais non, tu ne veux pas, ô magnanime France !
Proportionner ma peine à ma rébellion ;
Tu veux qu'Ab-el-Kader tienne de ta clémence,
     Un généreux pardon.

Ta magnanimité fera taire l'envie ;
La gloire, la grandeur et l'immortalité,
Tu les mériteras en m'accordant la vie
     Avec la liberté.

Dans le monde, en tout temps, ô nation sublime,
Tu répandis partout le bien à pleine main :
Protéger l'innocence et combattre le crime,
    C'est ton noble destin.

De ce zèle éclatant la renommée illustre
Brille plus qu'un soleil au disque radieux ;
Mais ta douce clémence imprime un nouveau lustre
    A ton nom glorieux.

Oui, ta seule bonté m'a sauvé du naufrage :
Quand tu ne me devais que la loi du vainqueur,
Ta générosité m'a remis en partage
    Et fortune et bonheur.

Tous les peuples ont vu ta douceur maternelle
M'accorder le pardon de mes nombreux forfaits.
A ceux qui douteraient si mon cœur se rappelle
    Tes immortels bienfaits,

Je dis qu'Abd-el-Kader, plein de reconnaissance,
Dévouant à la France un éternel amour,
Bénira tes faveurs, ta haute bienveillance,
    Jusqu'à son dernier jour.

Nimes. — Typ. Clavel-Ballivet, rue Tradier, 12.

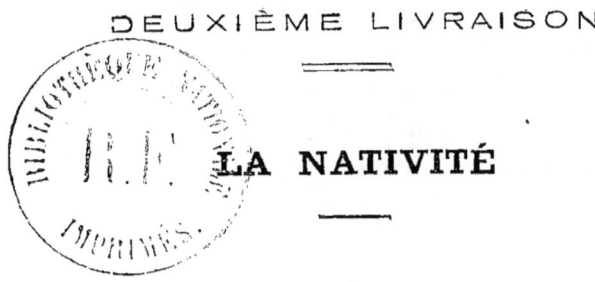

LA NATIVITÉ

ODE I.

J'ai vu Sion en proie aux plus noires alarmes ;
Elle levait au ciel ses yeux mouillés de larmes,
Son cœur ne goûtait plus ni bonheur ni repos ;
Souvent elle adressait à son Dieu tutélaire
   Une ardente prière
Qui remplissait les airs de ces tendres échos :

Seigneur, Dieu d'Abraham, que ta bonté suprême,
Par un regard d'amour sur le peuple qui l'aime,
Daigne enfin consoler tes malheureux enfants !
Si ta juste rigueur s'est pour eux adoucie,
   Quand viendra ce Messie,
Annoncé dans l'Eden depuis quatre mille ans ?

Sion, fille du ciel, que ta noire tristesse
Fasse place en ce jour à la plus douce ivresse !
Voici le rédempteur promis à tes aïeux.
Tu te réjouiras sous son heureux empire ;
   Ses grâces, son sourire
Font tressaillir d'amour et la terre et les cieux.

Ce Verbe fait enfant est Dieu comme son père.
Des flancs chastes et purs d'une mortelle mère,
Il naît dans une crèche et sans nul appareil.
Sion, viens contempler ce Messie adorable,
Dont le regard aimable
Paraît cent fois plus beau que l'éclat du soleil.

Telle on voit quelquefois l'aurore bienfaisante
Ranimer de ses feux la terre languissante,
Dont une nuit d'orage a terni la beauté ;
Tel le Verbe éternel en arrivant au monde,
Par sa grâce féconde,
Rend à l'homme déchu sa noble dignité.

Venez des lieux chéris des célestes phalanges,
Anges, du trois fois saint entonnez les louanges,
Annoncez aux humains qu'un Dieu libérateur
Sur la terre est venu, des splendeurs de son trône,
Leur rendre la couronne,
Que leur ravit jadis un cruel oppresseur.

Quel ravissant concert retentit sur vos têtes !
Quittez, heureux bergers, vos tranquilles retraites,
Et venez du Messie admirer les attraits.
Par vos plus riches dons honorez sa naissance ;
Sa divine présence
A vos âmes rendra le bonheur et la paix.

Vous qui, déshérités des dons de la fortune,
Traînez devant le monde une vie importune;
Adorez le Messie, offrez-lui vos vertus.
Dès que vous aurez vu ses yeux pleins de tendresse,
      Une douce allégresse
Relèvera l'espoir de vos cœurs abattus.

Accourez, vous aussi, des confins de l'aurore,
Et venez voir le Dieu que tout le ciel adore,
Et qui veut de la mort racheter l'Univers;
Princes de l'Orient, de vos lointains rivages,
      Apportez vos hommages
Au Verbe fait enfant, qui vient briser vos fers.

Pour vous, adorateurs de profanes idoles,
Que le monde a séduits par ses discours frivoles,
Ne condamnez-vous pas vos criminels plaisirs?
Lorsqu'un Dieu, né pour vous, par sa noble indigence,
      Confond votre opulence,
Et réprouve à jamais vos coupables désirs.

Aujourd'hui le Seigneur est un enfant paisible;
Mais un jour il viendra, sur un trône terrible,
Appliquer contre vous les rigueurs de sa loi.
Alors plus d'indulgence, il jugera la terre.
      Au bruit de son tonnerre,
Les bons et les mauvais seront saisis d'effroi.

Tremblez! tremblez! méchants, en ce jour redoutable,
Où l'inflexible arrêt d'un juge inexorable
Fixera pour toujours votre malheureux sort.
Une force invincible entraînera votre âme
        Dans un gouffre de flamme,
Où Dieu l'a dévouée à l'éternelle mort.

———————

RENTRÉE DE LOUIS XVIII EN FRANCE

(Juin 1815)

ODE II.

France, de tes malheurs la coupe est épuisée.
Rassure-toi, le Ciel, dont l'ire est apaisée,
S'empresse de combler tes désirs et tes vœux.
Au retour du bonheur que sa bonté t'envoie,
Que les plus belles fleurs pour exprimer ta joie
      Couronnent tes cheveux !

Après vingt-cinq hivers de sanglantes épreuves,
Où la mort te remplit d'orphelins et de veuves,
Dont les cris déchirants t'empêchaient de dormir,
Quand tes yeux ne cessaient de répandre des larmes,
Quand ton cœur, au milieu des plus noires alarmes,
      Ne cessait de gémir ;

Dieu, du plus haut des cieux, ému par ta souffrance
Et tes sanglants revers, prend pitié de la France,
Et t'envoie aujourd'hui, pour soulager tes maux,
Ton légitime roi, ce prince au cœur si tendre,
Que ses bienfaits ont seuls le pouvoir de suspendre
      Le cours de tes fléaux.

Que ta vive allégresse éclate à sa rencontre !
Du plus brillant accueil que la splendeur lui montre
Quels sont de ton amour la valeur et le prix !
Etale à son aspect tes plus riches merveilles,
Que le bruit de ta joie enchante les oreilles
   De l'Univers surpris !

Quoi, sous un ciel en feu qui grondait sur ta tête,
Tu voyais succomber au fort de la tempête,
Sans aucun bras puissant qui pût le secourir,
Le vaisseau de l'Etat, errant loin du rivage,
Quand soudain le roi vient, sur le bord du naufrage,
   L'empêcher de périr ;

Et toi, par ton oubli tu pourrais méconnaître
L'unique bienfaiteur que le ciel ait fait naître,
Pour fermer sous tes pieds un abîme béant ;
Quand l'animal blessé, par une joie immense,
S'empresse de montrer à la main qui le panse
   Un cœur reconnaissant ;

Non, France, vois comment dans tes champs, dans tes villes,
Qu'ont ruinés tes fils par leurs haines civiles,
Le roi fait tout à coup renaître la beauté.
Vois comment dans les cœurs sa bonté, sa tendresse,
Après de si longs jours de deuil et de tristesse,
   Ramène la gaîté.

Et qui n'admirerait ce caractère aimable,
Patient, courageux, énergique, indomptable,
Qui ne connut jamais ni terreur ni péril ?
Cette âme grande, noble et de fiel abreuvée
Dans son propre foyer, puis vingt ans éprouvée
      Aux malheurs de l'exil.

L'odeur de ses vertus et de sa renommée,
Dont depuis si longtemps la France est parfumée
Et que chacun de nous se plaît à savourer,
A fait du roi Louis un prince sans exemple,
Qu'on doit, au premier rang, après Dieu, dans son temple,
      Chérir et vénérer.

Ah ! malheureux Français, de tout rang, de tout âge,
De vos scènes de mort, de sang et de carnage
Bannissez loin de vous le triste souvenir.
Qu'un mutuel amour succédant à vos haines,
Dans un règne qui seul peut adoucir vos peines,
      Fixe votre avenir !

Et toi, dont la pitié par nos larmes touchée
Remet la royauté, de sa tige arrachée,
Sur un trône, jadis notre plus ferme espoir ;
Dieu, qui ne fis jamais aucune œuvre imparfaite,
Du droit sur la justice achève la conquête,
      Raffermis son pouvoir.

Que la splendeur des lis, que ta bonté ramène
Sur les bords enchanteurs, arrosés par la Seine,
Rayonne de nouveau sur l'Univers entier !
Ah ! ne laisse jamais le souffle impur du vice,
Comme un souffle de mort, porter sur leur calice
  Son baiser meurtrier.

Bénis le roi Louis qui nous comble de joie,
Et daigne dévider à fils d'or et de soie
Le bonheur qu'il attend pour sa postérité.
Daigne faire longtemps, par ta toute puissance,
Sous le ciel bien aimé de notre vieille France,
  Fleurir la royauté.

A LA VILLE DE MARSEILLE

ODE III.

Digne et noble cité, ravissante merveille,
Dont le riant aspect réjouit l'Univers,
En célébrant ta gloire, admirable Marseille,
Que le bruit de mes chants vole au-delà des mers !
Que ne puis-je en ce jour, embrasé de délire,
Donnant un libre cours à mes accents joyeux,
Réveiller de ton cœur, par les sons de ma lyre,
      Les transports amoureux !

Honneur à ta splendeur, ville chère à la France,
Qui couvres de ton or les rivages lointains !
Honneur à ton génie, à ta riche opulence,
Dont l'éclat rejaillit sur cent peuples voisins !
Que d'étrangers, épris de tes aimables charmes,
Viennent, sous ton beau ciel, par tes appâts séduits,
D'une splendide paix, loin des noires alarmes,
      Cueillir les heureux fruits !

Honneur à ces héros, vrais enfants de Phocée,
Qui s'ouvrant vers la gloire un chemin tout nouveau,
Bravèrent de la mer la colère insensée,
A ces bords enchantés amenant leur vaisseau !

Ton site leur sourit. Bientôt ils visitèrent
Cette côte à l'abri de la fureur des vents.
Et de ta vaste enceinte avec ardeur jetèrent
    Les premiers fondements.

De nos hardis colons la vaillante entreprise
Obtint dès sa naissance un brillant résultat.
Notre cité surgit sur la terre conquise ;
La voilà devenue un florissant Etat.
Le peuple était heureux. Pour former la jeunesse,
Nos pères de l'étude empruntent les bienfaits,
Et dans l'instruction, source de la sagesse,
    L'abreuvent à longs traits.

Et pour faire fleurir la paix et l'innocence,
Qui des sociétés resserrent les liens,
Des magistrats élus exerçaient la puissance,
Assurant le respect de tous les citoyens.
Tous étaient ennemis de la licence impure
Des peuples qui vivaient au vice abandonnés,
Et réprimaient en eux de l'aveugle nature
    Les désirs effrénés.

La vertu, le travail, un règlement sévère
Qui contre la mollesse affermissait leurs cœurs,
Préparèrent ainsi leur mâle caractère
A braver les périls dont ils furent vainqueurs.
Cette austère vigueur, ce sublime courage,
Valut aux phocéens un succès glorieux,

D'où naquit le respect des peuples du vieil âge
　　Pour nos sages aïeux.

De Marseille au berceau l'illustre renommée,
Avec son industrie et ses brillants produits,
Fut dans le monde entier rapidement semée
Par de nombreux vaisseaux en tous pays conduits.
Partout on admirait cette ville naissante,
Que jalousaient déjà plusieurs peuples rivaux ;
« O combien, disait-on, Marseille est florissante?
　　» Que ses débuts sont beaux ! »

Et toi, jeune cité, des peuples adorée,
Toi, fière de l'amour de tant d'admirateurs,
A leurs discours flatteurs, loin d'en être enivrée,
Tu répondais toujours par de nouveaux labeurs.
Ton ardeur, ta marine en ressources féconde,
Te paraissaient toujours les moyens les plus sûrs
Pour voir l'or, affluant de tous les coins du monde,
　　. Ruisseler dans tes murs.

Ainsi te voyait-on tantôt indépendante
Et tantôt sous la loi des empereurs romains,
Multipliant toujours ta richesse éclatante,
Briller à la faveur de'jours purs et sereins.
Lorsqu'une invasion, d'immortelle mémoire,
Ruina ta splendeur sous le fer musulman,
Tu repris aussitôt, vers ton antique gloire,
　　Ton généreux élan.

Sous la main de nos rois, ton active industrie,
Grâce à ton zèle ardent, ne fit que prospérer :
Et toi, de plus en plus des nations chérie,
Tu vis partout ton nom grandir et s'illustrer.
Ton étendue un jour se trouva trop restreinte
Pour les flots de ce peuple accouru du dehors,
Et ton ardent génie élargit ton enceinte
    Et prolongea tes ports.

Plusieurs fois de ton sein surgirent des grands hommes,
Qui par de beaux talents brillèrent à leur tour.
Quoiqu'ils fussent sortis de la foule où nous sommes,
Ils firent dans tes murs estimer leur séjour.
Les uns surent tourner leur profonde science
Vers les célestes corps et leurs cours réguliers ;
D'autres dans la sculpture ou la haute éloquence
    Conquirent leurs lauriers.

Vois comment ton génie, en tous genres fertile,
Et qui s'est révélé par des actes divers,
Sait aussi réunir, dans ton illustre asile,
Les peuples dispersés sur le vaste univers.
Ils viennent dans ton sein, de la rive étrangère,
Admirer ton commerce et tes nobles travaux,
Où, l'art, par ses secrets, extrait de la matière
    Mille trésors nouveaux.

Regarde la Russie et la Grande-Bretagne,
Apportant dans tes murs les richesses du Nord ;
Regarde l'Italie, et l'Autriche , et l'Espagne,
Entassant leurs produits dans ton immense port.
Regarde les vaisseaux de l'Inde et de l'Afrique,
Se mêlant aux vaisseaux du nouveau continent,
Réunir, dans tes mains, à l'or du pôle Arctique
      Celui de l'Orient.

Tous ces peuples lointains et bien d'autres encore,
Dont tu vois les courriers aux rapides sillons
Venir du nord, du sud, du couchant, de l'aurore,
Et faire sur tes eaux flotter leurs pavillons :
Tous ces peuples amis qui bravent la tempête,
Pour visiter tes ports et mouiller dans tes flots,
En t'adressant leurs vœux, dont je suis l'interprête,
      S'expriment en ces mots :

« Vive à jamais Marseille et sa grandeur prospère !
» Heureux sont les Français qui vivent sous ses lois.
» Si Dieu, pour nous régir, mit des rois sur la terre,
» Marseille, notre reine, éclipse tous les rois.
» Les peuples sont pour elle une cour sans pareille ;
» Pour trône elle a ses ports, pour Etats l'univers ;
» Tous, d'un commun accord, affirmons que Marseille
     » Est la reine des mers ».

OPTION DES ALSACIENS-LORRAINS

(1ᵉʳ OCTOBRE 1872).

———

ODE IV.

D'un vol impétueux, de la voûte azurée
Descends, muse chérie, et ranime mon cœur.
Au terrestre séjour, descends vierge sacrée,
Viens embraser mes sens d'une nouvelle ardeur.

Dis-moi par quel hasard, sur l'Alsace-Lorraine,
L'aurore amène encore un lugubre soleil ;
Par quels noirs attentats la vengeance et la haine
De nos jours de malheur ont sonné le réveil.

Dis-moi pourquoi ce bruit, ces cris, ces voix plaintives,
Dont résonnent les bords de la Meuse et du Rhin,
Ces enfants éplorés, ces mères fugitives
Délaissant leurs foyers et mendiant leur pain.

Ah ! ton souffle divin me pénètre et m'inspire,
Muse chère à mon cœur, je te vois, je te sens
Répandre dans mon âme un sublime délire :
Français, prêtez l'oreille à mes sombres accents.

Voici le jour d'opter pour la Prusse ou la France,
Jour marqué par Bismarck au traité de Francfort.
Guillaume ose chasser, du lieu de sa naissance,
Le peuple Alsacien par le droit du plus fort.

Prince abreuvé de fiel, impitoyable maître,
C'est peu de ruiner tous les Alsaciens,
De leur cœur héroïque au sol qui les vit naître
Tu désires briser les plus sacrés liens !

Ta fureur a détruit leurs demeures antiques
En jetant dans leur sein l'incendie et la mort ;
Veux-tu, les exilant de leurs dieux domestiques,
Ajouter aux rigueurs de leur malheureux sort ?

Eh bien ! poursuis ton but, parle, décrète, ordonne
Au peuple Alsacien, à ta vue odieux,
Qu'aux premiers feux du jour, il parte, il abandonne
Le paisible foyer légué par ses aïeux !

Frappe encore une fois ce peuple sans défense,
Que ton farouche orgueil voudrait anéantir !
Sur ses derniers débris, assouvis ta vengeance,
Et de ses derniers pleurs savoure le plaisir !

Monstre encor plus cruel que les lions sauvages !
Roi honteux, abhorré, maudit de toutes parts !
Pourquoi forcer de fuir leurs humbles héritages
Ces femmes, ces enfants, ces débiles vieillards ?

Comment ta tyrannie a-t-elle pu s'étendre
Sur ceux dont tu ne peux abattre la fierté ?
Sur ceux dont le seul crime est d'oser se défendre
Contre l'horrible instinct de ta férocité !

Qui t'a donné ce droit ? Quelle aveugle furie
T'exalte-t-elle au point de te croire ici-bas
Le maître d'imposer ta noire barbarie
Aux peuples dont le cœur ne la souffrirait pas ?

Qu'importe, ils partiront pour illustrer tes crimes,
Ces Francs, de ta fureur monument immortel.
De l'amour pour la France héroïques victimes,
Ils délaisseront tout jusqu'au toit paternel.

Mais ce peuple opprimé dont l'aspect t'importune,
La France le protége ; il ne saurait périr.
Elle lui trouvera, malgré son infortune,
Un toit pour l'abriter, du pain pour le nourrir.

France, fais éclater ta douceur maternelle
Sur ce peuple orphelin, digne de ton amour ;
C'est ton enfant chéri, couvre-le de ton aile,
Ouvre-lui dans ton sein un paisible séjour.

A sa mère il a fait les plus durs sacrifices :
Revers, douleurs, exil, il les endure tous
Baise ce front ami, couvert de cicatrices,
Prodigue-lui tes dons, tes bienfaits les plus doux.

Et vous, flambeaux du ciel, nobles femmes de France,
Témoignez à ce peuple une aimable bonté.
Aux rigueurs de l'exil, aux pleurs de l'innocence
Assurez le concours de votre charité.

Quel que soit l'indigent qui frappe à votre porte,
Vous retrouvez toujours une obole pour lui.
A la France vos cœurs, que le zèle transporte,
Puissent-ils offrir tous un généreux appui !

Voyez-la cette France, autrefois si prospère,
Opprimée en ce jour par un brutal vainqueur,
Supplier ses enfants d'adoucir sa misère,
Ne pouvant supporter l'excès de sa douleur.

Pour son cœur maternel, la paix n'a plus de charmes.
Le jour plus de gaîté, la nuit plus de repos :

*

Venez la soulager dans ses noires alarmes .
Terminez par vos dons ses pleurs et ses sanglots.

Donnez à la vertu vos plus belles années.
Ne vous promenez pas de plaisirs en plaisirs :
Car les fleurs d'aujourd'hui demain seront fanées.
Heureux qui vers Dieu seul dirige ses désirs !

Subvenez aux besoins de la France indigente :
Riches, de vos trésors donnez le superflu,
Artisans, secourez l'illustre mendiante,
D'un si beau dévoûment personne n'est exclu.

AU ROSSIGNOL DES BOIS

ODE V.

Ami de mon toit solitaire,
O gentil rossignol des bois !
Pourquoi cesser de me distraire,
Par les doux accents de ta voix ?

A tes jolis chants d'allégresse
Tous les cœurs étaient attendris.
Quel charme ! Quels élans d'ivresse,
Au bruit de tes refrains chéris !

Tous les soirs quand l'astre du monde
Disparaissait au sein des mers,
Ta voix, en délices féconde,
Nous modulait ses plus beaux airs.

Quand les premiers feux de l'aurore
Naissaient à l'horizon vermeil,
Tes chants, qui résonnaient encore,
Du jour annonçaient le réveil.

Pourquoi donc cette voix plaintive,
Ces regrets, ces profonds soupirs ?
Quelle est cette douleur si vive,
Source de tant de déplaisirs ?

Je sais que la serre perfide
D'un sauvage et cruel vautour,
Ravit à ton regard timide
Les derniers fruits de ton amour.

Mais à mon tour j'ai sur la terre
Mille accidents à déplorer :
La vigueur de mon caractère
M'interdit seule de pleurer.

Comme moi dompte la souffrance,
Reprends le cours de tes plaisirs,
Renais à la douce espérance,
Charme tes innocents loisirs.

Pour toi les oiseaux du bocage,
Emus des sons mélodieux
De ton délicieux langage,
Ont suspendu leurs chants joyeux.

Pour toi, voici la fleur nouvelle
Des syringas et des jasmins,
Annonçant le retour fidèle
Des zéphyrs et des jours sereins.

Enfin, tout le monde t'adore,
Et de tes jolis chants d'amour
Du crépuscule et de l'aurore,
Chacun attend l'heureux retour.

Chante, petite créature,
Pour l'univers qui te chérit,
L'aimable auteur de la nature
Et sa bonté qui te nourrit.

Chante, avec ta voix inspirée,
Et le printemps et ses bienfaits,
Et sa splendeur tant désirée,
Et ses délicieux attraits.

Chante les grâces renaissantes
Des prés riants, des champs fleuris,
Et les parures éclatantes
De tes bocages favoris.

BISMARCK AU TRIBUNAL DE DIEU

ODE VI.

Minuit vient de sonner. Dans un rêve où mon âme
S'illuminant soudain d'une secrète flamme,
Découvre au firmament d'effrayantes clartés,
Des assises du Ciel, tribunal redoutable,
    L'appareil formidable
Frappe comme un éclair mes yeux épouvantés.

Sur un trône je vois, porté par le tonnerre,
L'Homme-Dieu, qui pour nous mourut sur le Calvaire,
Mais qui darde aujourd'hui des yeux pleins de courroux.
La croix dans une main, dans l'autre il tient un livre,
    Qui nous défend de vivre
En dehors des dix lois qui nous régissent tous.

Devant le roi des rois, notre juge suprême,
Est debout tout saisi d'une frayeur extrême,
Non moins humble et confus qu'il fut jadis altier,
Un homme, un grand coupable, un tyran de la terre,
    Dont l'instinct sanguinaire
Bouleversa la paix d'un hémisphère entier.

Autrefois il montra, puissant devant le monde,
Dans les congrès des rois une astuce profonde.
Chacun sollicitait l'honneur de son regard.
Issu du sang Teuton, il fit en Germanie
      Admirer son génie;
Son nom devint célèbre, il s'appelait Bismarck.

Cet homme . jeune encore et de puissance avide,
Subissant des flatteurs l'influence perfide,
Voulut par tout moyen, honnête ou criminel,
Conquérir à la Prusse un vaste territoire,
      Espérant que sa gloire,
Quoique teinte de sang, le rendrait immortel.

Il entra tout d'abord dans les rangs de l'armée,
Pour qu'elle pût un jour, par ses soins transformée,
Contre toute puissance engager le combat.
Puis, suggérant au roi, le plus fourbe des princes,
      D'agrandir ses provinces,
Il fut par lui chargé d'administrer l'Etat.

Là, de tous ses voisins, par des complots atroces,
Il mina le pouvoir. Des victoires féroces
Secondèrent bientôt ses odieux forfaits.
Du royaume Teuton ses décrets arbitraires
      Reculant les frontières,
Il fit prôner partout ses criminels succès.

Enflé par le bonheur qui daignait lui sourire,
Il renouvela tout dans le nouvel Empire,
D'orgueilleux monuments en tous lieux embelli ;
Il sut même achever, par sa magnificence,
      Le luxe et l'élégance
Du palais somptueux de son nom ennobli.

Poursuivant ses excès, il combla de richesse
Ses parents, ses amis ; il nageait dans l'ivresse,
Faisant de la fortune un emploi scandaleux ;
Tandis qu'autour de lui, ruiné par la guerre,
      De faim et de misère
Le peuple de Berlin se mourait sous ses yeux.

C'est ainsi qu'il vivait au sein de l'opulence :
Le faste, les honneurs, l'éclat de sa puissance
Avaient devant ses yeux mis un voile imposteur,
Quand tout à coup la mort fatale, inexorable,
      Transporta le coupable
Seul, avec ses forfaits, devant un Dieu vengeur.

Là, plus d'illusions, plus de grandeurs frivoles ;
Richesse, honneur, plaisir, dangereuses idoles,
Là, vous n'excitez plus de coupables transports.
Vos attraits, impuissants pour l'homme qui succombe,
      S'écroulent dans sa tombe,
Et ne lui laissent plus que peines et remords.

Ciel ! Quel affreux moment ! O scène épouvantable !
Quand un Dieu courroucé, terrible, impitoyable,
Sur l'impie arrêta ses yeux étincelants ;
Quand tout à coup la voix de ce juge sévère,
      Comme un coup de tonnerre,
A sa face éclata par ces mots foudroyants :

« Qu'as-tu fait, malheureux, de ma loi paternelle ?
» Des grâces qu'autrefois ma sagesse éternelle,
» Pour te sanctifier, t'envoya chaque jour ?
» Pourquoi transgressais-tu mes célestes maximes ?
      » Et d'où vient que tes crimes
» T'ont privé des bienfaits de mon divin amour ?

» Voyons, pour mieux juger ta conduite passée,
» Les désordres affreux de ta vie insensée ,
» Tes abus de pouvoir, tes ténébreux complots
» Engendrant tout d'abord des querelles légères,
      » Puis de cruelles guerres,
» Où le sang innocent jaillissait à grands flots.

» Pourquoi sur les Danois, aux bords de la Baltique,
» Etendant les rigueurs d'un pouvoir tyrannique,
» Prenais-tu les duchés et la ville de Kiel ?
» Et pourquoi venais-tu dans le feu des batailles,
      » Couvrir de funérailles
» Les plaines du Jutland et les champs de Duppel ?

» Pourquoi réclamas-tu , dans ta lutte honteuse,
» Lutte pour les vaincus à jamais glorieuse,
» De ce peuple héroïque une énorme rançon ?
» Devais-tu recueillir les fruits de cette guerre
  » Qui, de l'Europe entière
» En t'attirant la haine, accusait ta raison ?

» De tes torts averti par ces cris unanimes,
» Pourquoi renversas-tu de leurs droits légitimes
» Les princes allemands ? Pourquoi, par tes soldats,
» Et sans te provoquer, l'Autriche foudroyée
  » Et dans le sang noyée,
» Vit-elle aussi Bismarck ravager ses Etats !

» Pourquoi, semant toujours de nouvelles alarmes,
» Troublais-tu des Français le bonheur et les charmes ?
» Quand pour nourrir ton fol et criminel orgueil,
» De plusieurs rois Germains armant la barbarie,
  » Ta brutale furie
» Changea la France entière en un vaste cercueil.

» Devais-tu supporter qu'une insolente armée,
» Après avoir partout, de délire enflammée,
» Promené chez les Francs la mort et la terreur,
» Prenant d'affreux instincts pour ses uniques guides
  » A leur filles timides
» Osât encor ravir et la vie et l'honneur ?

» Parle ! parle ! Comment ta criminelle audace,
» Tandis que tu prenais la Lorraine et l'Alsace,
» Violant leurs foyers et pillant leurs trésors,
» Pût-elle résister aux pleurs de l'innocence,
       » Et de ta conscience
» Comprimer, étouffer les cris et les remords ?

» Périssent avec toi tes armes toujours prêtes
» A de nouveaux forfaits ! Tes injustes conquêtes
» Que l'Europe arrosa de son sang, de ses pleurs !
» Que ces honteux lauriers, que cette gloire infâme
       » Mette aujourd'hui ton âme
» Sous le poids accablant de mes justes rigueurs !

» Pour toi plus de salut ! Et sur les rives sombres,
» Aux fureurs des tyrans qui règnent sur les ombres
» Que tu sois par ma bouche aujourd'hui condamné !
» Que tes iniquités soient à jamais punies !
       » Que sur tes tyrannies
» Eclate mon courroux contre toi déchaîné !

» Je n'ai que trop longtemps supporté ton ivresse,
» Monstre abreuvé de sang ; ma fureur vengeresse
» Doit enfin mettre un terme à tes noires horreurs :
» Tombe ! tombe ! maudit ! dans le fond des abîmes,
       » Où l'excès de tes crimes
» T'a déjà préparé d'éternelles douleurs. »

Tel fut du roi des rois l'épouvantable oracle.
A ce moment succède à l'émouvant spectacle
Un bruit bouleversant et le ciel et l'enfer.
Un formidable éclat de la foudre qui gronde.
   Sur la terre et sur l'onde
Jaillit au même instant un effrayant éclair.

Qui soustrait le fantôme à mon âme ravie.
Et dans l'abattement plongée, anéantie.
Je m'éveille en tremblant, l'esprit tout agité,
Demandant au Très-Haut, à sa grâce infaillible,
   Que ce rêve terrible
Pour moi ne fût jamais une réalité.

A LA FRANCE

ODE VII.

Vive à jamais l'honneur, la gloire, la vaillance,
Les luttes, les combats de ce peuple immortel,
Qui, pour punir le crime et venger l'innocence,
    Suscité par le ciel ;

Propageant de la foi la lumière féconde,
Du vice et de l'erreur victorieux flambeau,
Depuis plus de mille ans illustre dans le monde
    Son nom et son drapeau !

Honneur à nos aïeux qui, de la Germanie,
Cherchant dans ces climats la gloire des guerriers,
Viennent y conquérir, guidés par leur génie,
    Les plus nobles lauriers !

Honneur à toi, Clovis ! à ta vieille bannière
Qui dirige les pas des bataillons des Francs !
Honneur à ta valeur triomphant dans la guerre
    Par des exploits brillants !

Poursuis, jeune vainqueur, ton rêve d'espérance !
Dans ton rapide essor aussi prompt qu'un éclair,
Conquiers la Gaule entière, inaugure la France
    Du Rhin jusqu'à la mer.

Fais-toi régénérer par les eaux du baptême,
Qui sera pour ton peuple en résultats fécond,
Et qui rehaussera l'éclat du diadème
    Dont rayonne ton front !

Entraine tes guerriers sur la Gaule conquise,
Dans les bras de la foi, ton plus ferme soutien !
Que tu sois proclamé fils ainé de l'Eglise
    Et premier roi chrétien !

Que du Dieu tout-puissant la sagesse éternelle
De notre nation entoure le berceau !
Que la France en naissant découvre devant elle
    Un horizon nouveau !

Qu'elle répande au loin son heureuse influence,
Ses bienfaits généreux, sa libéralité !
Que l'univers entier admire sa puissance
    Et sa prospérité !

France, te voilà donc un royaume paisible,
Peuplé de citoyens ardents et courageux.
Quel état florissant ! quel empire invincible
    Fut-il plus glorieux !

Inscris tes beaux succès aux fastes de l'histoire !
Que le faible vengé, le superbe abattu,
A la postérité transmettent la mémoire
    De ta haute vertu !

Mais que dis-je ? ô malheur ! par quel affreux ravage
L'avarice, la haine et la noire fureur,
De ton trône éclatant, en tyrans pleins de rage,
    Ont terni la splendeur !

Ah ! ce trône, le fruit des plus belles conquêtes,
Et qui nous promettait un si long avenir,
Comme un fragile esquif, battu par les tempêtes,
    Menace de périr.

Tiraillé sourdement par les fourbes obscures
De princes dominés par leurs instincts jaloux,
Le pouvoir, de leurs mains criminelles, parjures,
    Reçut les premiers coups.

Puis des Rois Fainéants la nature indolente,
L'oisiveté coupable et le stérile orgueil
De cette royauté, fragile et chancelante,
    Creusèrent le cercueil.

La France s'écroulait sous ses propres ruines,
Pour elle il n'était plus ni plaisirs ni repos.
De ce pays fécond en merveilles divines,
    Il surgit un héros.

Un orage soudain gronde des Pyrénées ;
France, du Sarrazin féroce et dépravé,
Et partout triomphant, contre tes destinées,
    L'étendard est levé.

Mais Dieu le voit venir, il a marqué sa chute :
Voici Charles-Martel, dans les plaines de Tours,
S'élançant au combat, devenu dans la lutte
    Le sauveur de tes jours.

Célèbre en tes concerts l'invincible courage
De tes libérateurs, dont les fiers Musulmans
Ont été le jouet, comme un léger nuage
    Est le jouet des vents.

Et que Charles-Martel, par la bonté suprême,
Choisi pour remporter de si nobles exploits,
Exerçant le pouvoir, renouvelle lui-même
    La source de tes rois !

A LA FRANCE

ODE VIII.

Viens donc, Pépin le Bref, viens diriger les rênes
D'un Etat que le Ciel confie à ton devoir ;
Viens, il n'est plus permis de te soustraire aux chaînes
    Du souverain pouvoir.

Daigne combler les vœux de la France qui t'aime.
Consacre à son bonheur tes généreux efforts,
Et rehausse au-dedans sa dignité suprême,
    Et sa gloire au-dehors.

De ses fiers ennemis réprime l'insolence,
Que chacun à son tour, Sarrazin ou Saxon,
Respecte, en éprouvant l'effet de ta puissance.
    Le droit et la raison !

Apporte un prompt secours à l'Eglise de Rome,
Et du roi des Lombards, prince lâche et cruel,
Affranchis le paisible et modeste royaume
    Du Pontife éternel.

Poursuis ton noble but, la France le désire ;
Des plus sanglants combats affrontant les périls,
Prépare, fier héros, le glorieux empire
    Que doit créer ton fils.

Et toi, fils de Pepin, dont l'auguste présence
Sur l'Europe apparaît comme un brillant soleil.
Que ton fécond génie amène pour la France
    Un illustre réveil !

Au royaume des Francs, bien-aimé Charlemagne,
Joins trois nobles débris de l'Empire Romain.
Joins les pays Germains, l'Italie et l'Espagne,
    Sous ta puissante main.

Bienveillant dans la paix, terrible dans la guerre,
Pour la félicité de tes nombreux sujets,
Fais resplendir au loin ton règne sur la terre
    Par d'éclatants bienfaits.

    Pourquoi ne voit-on pas tant d'œuvres florissantes,
Tant d'excellents projets habilement conduits.
Et qu'ont favorisés nos armes triomphantes,
    Produire d'heureux fruits ?

Quand Charlemagne au bien a consacré sa vie.
Pourquoi l'affreuse guerre, exilée aux enfers.
Ne laisse-t-elle pas, au repos asservie,
    La paix à l'Univers ?

Ah ! ce brillant destin du merveilleux empire,
A de tremblantes mains par l'Empereur transmis,
D'implacables rivaux, que la démence inspire,
    L'ont déjà compromis.

Ils se battent entr'eux, et, la haine dans l'âme,
Brûlant et ravageant les villes, les hameaux,
En lions acharnés, mettent l'Europe en flamme
    Et l'empire en lambeaux.

Enfin à Fontenay, tout fumants de vengeance,
Du malheureux empire en rejetant les lois,
Dans un sanglant combat, de leur indépendance
    Ils affirment les droits.

France, avec les vertus de ton peuple héroïque,
Tu peux renaître encore à ton ancien éclat,
Si tes rois indolents, d'une main énergique,
    Veulent régir l'Etat.

Mais peu jaloux qu'ils sont de ton antique gloire,
Ils négligent aussi leur plus sacré devoir,
Et livrant aux seigneurs ton vaste territoire,
    Ruinent le pouvoir.

Que dis-je ? Au déshonneur la terreur les entraîne,
Leur lâcheté pliant sous le joug du plus fort
A laissé ravager les rives de la Seine
    Aux pirates du Nord.

Robert, Eudes, Raoul, à leur honte éternelle,
Marchez ! bravez la mort ! Illustres combattants,
Et creusez, dans le champ d'une gloire immortelle,
    Une tombe aux Normands.

La France honorera votre noble courage,
Votre profond génie et vos efforts vainqueurs.
Qui loin de ses enfants auront de l'esclavage
    Repoussé les horreurs.

Ce que vous méritez, c'est la splendeur du trône.
Montez-y, tour à tour, du peuple Franc chéris :
Et, par Hugues le Grand, transmettez la couronne.
    Au comte de Paris (1).

(1) Hugues Capet, duc de France et comte de Paris.

Nimes. — Typ. Clavel-Ballivet, rue Pradier, 12.

LA RÉSURRECTION

ODE I.

En tressaillant d'un tremblement soudain
Qui retentit jusqu'au fond des abîmes,
La terre un jour vit sortir de son sein
  L'Homme-Dieu, mort pour expier nos crimes.
Un ange, rayonnant sous le feu des éclairs,
Souleva de sa main la pierre tumulaire,
      Et le Dieu du Calvaire,
Tout vivant, du tombeau s'élança dans les airs.

  « Ne craignez rien, ô filles de Sion,
  » Dit l'envoyé de la bonté suprême,
  » Car de Juda l'invincible lion
  » A triomphé de la mort elle-même.
» Du fond de ce caveau, son élan indompté
» D'un Dieu libérateur a reconquis la gloire.
      » Proclamez sa victoire,
» Allez dire en tous lieux qu'il est ressuscité. »

Ainsi parla cet ange radieux ;
Et dans ce temps notre Dieu tutélaire,
Comme un soleil sous la voûte des cieux,
Apparaissait ruisselant de lumière
A ses tendres amis, transportés à leur tour
De joie et de bonheur, d'espérance et d'envie ;
Leur piété ravie,
Devant lui, s'épanchait en doux élans d'amour.

Qu'il était beau ce vainqueur immortel !
Dont la puissance et la haute sagesse
Rouvraient pour eux le royaume éternel,
Chaste séjour de plaisir et d'ivresse:
Qu'il était beau ce Dieu ! dont l'horrible trépas
Venait de s'accomplir, sous leurs regards timides,
Avec les marques déicides,
Empreintes sur son cœur, sur ses pieds, sur ses bras.

En nous aussi, qu'un amour enivrant
Noie aujourd'hui nos âmes enflammées !
Adressons tous un hommage éclatant
Au Dieu vainqueur, fils du Dieu des armées.
Que ce jour soit pour nous un vrai jour de bonheur !
Qu'il surpasse en éclat nos plus pompeuses fêtes !
Qu'il couronne nos têtes
Des précieux lauriers de notre rédempteur !

Divine croix ! étendard glorieux !
Qui de nos cœurs relèves le courage,
Et qui du ciel, promis à nos aïeux,
Nous rends enfin le brillant héritage,
Sur toi brille pour tous le sang du roi des rois,
Plus de peuple proscrit, plus de race maudite :
   Païen, Israëlite,
Tout homme est dès ce jour racheté par la croix.

Oui, notre Dieu brise aujourd'hui nos fers ;
Tremble, Satan, sur ton trône de flammes ;
De tes assauts, noir tyran des enfers,
Triompheront nos immortelles âmes.
Tu croyais asservir l'Univers à ta loi ;
Mais Dieu renverse enfin ta grandeur insensée,
   Ta gloire est éclipsée,
Tes odieux forfaits vont retomber sur toi.

En vain tu veux troubler notre repos
Par des appas que notre cœur méprise ;
Sur les débris de ton trône en lambeaux,
Le Christ vainqueur va fonder son Eglise.
Dans les sacrés parvis, inondés de clarté,
Malgré toi nous irons, sur les ailes des anges,
   Célébrer ses louanges,
Et chérir à jamais *Jésus ressuscité*.

A SON ALTESSE IMPÉRIALE LE GRAND DUC ALEXANDRE

PRINCE HÉRITIER DE RUSSIE.

ODE II.

Prince, dont l'amitié pour ma noble patrie,
Par de récents malheurs affligée et meurtrie,
A parfois de mon cœur adouci les chagrins ;
Daignez d'un peuple en deuil relever l'espérance ;
      Sur notre aimable France
Puissiez-vous ramener des jours purs et sereins.

Un souverain cruel, un maître impitoyable,
Guillaume, c'est son nom, en tyran exécrable,
Sur tout le continent veut régner triomphant.
Son cœur, toujours avide et de sang et de guerre,
      Veut que l'Europe entière
Courbe à jamais le front sous son sceptre sanglant.

Quels sont les noirs desseins et les ruses obliques,
Qui feront réussir ces complots tyranniques,
Devant inaugurer l'empire universel ?
Les voici, noble Prince, et puissiez-vous encore,
      Par l'appui que j'implore,
Suffire à déjouer ce projet criminel.

« Six guerres, dit Bismarck, au furieux Guillaume,
» Redonneront un jour à votre humble royaume
» La vaste immensité de l'Empire romain.
» Vous devez des Césars ceindre le diadème,
      » Et devenir vous-même
» Des peuples asservis l'unique souverain.

» La guerre au Danemark, il faut le reconnaître,
» Jettera, des duchés en vous rendant le maître,
» Un immortel éclat sur le nom Prussien.
» Vos belles légions fières, victorieuses,
      » Aux luttes orageuses
» Provoqueront alors l'empire Autrichien.

» La guerre avec l'Autriche, en triomphes fertile,
» Mettra sous votre joug un peuple trop docile ;
» Et, par des résultats aussi prompts qu'étonnants,
» En soldats Prussiens sa troupe transformée
      » Et jointe à votre armée,
» Va vous rendre assez fort pour attaquer les Francs.

» Deux guerres à la France, en renversant la gloire
» D'un rival qui courait de victoire en victoire,
» Ouvriront pour la Prusse une ère de grandeurs.
» Dès les premiers combats confondez son audace,
      » En réclamant l'Alsace,
» Sur laquelle régnaient nos anciens empereurs.

» Sur la France, en éveil pour venger ses défaites,
» Lancez avec fureur d'effroyables tempêtes.
» Que la Lorraine entière et la Franche-Comté
» Couronnent le succès d'une sanglante guerre,
  » Qui, sur l'Europe entière,
» Doit rendre votre nom puissant et redouté !

» Et, de plus, annexez à la terre allemande.
» Les Belges, les Danois, la Suisse, la Hollande.
» Et ces divers pays, accrus du Luxembourg.
» Soumis par la terreur que votre nom inspire.
  » Feront de votre empire
» Un Etat redoutable aux Russes à leur tour.

» La guerre à la Russie, à nous nuire excitée,
» Et contre nos exploits toujours plus irritée.
» Confondra le dernier de nos fiers ennemis.
» De ce prince orgueilleux dédaignons l'insolence.
  » Renversons sa puissance
» Dans les vastes Etats à son sceptre soumis.

» Massacrons sur nos pas la race Moscovite,
» Race des Allemands abhorrée et maudite,
» Ennemie en tout temps de leur prospérité.
» Ravageons ce pays, jaloux de notre gloire ;
  » Et qu'il cesse de croire
» A la force qu'il place en son immensité !

» Usurpons la Pologne et la Lithuanie,
» Les champs de la Courlande et de la Livonie !
» En prolongeant de là ces vastes régions,
» Aux rives du Dniéper que votre cœur désire,
    » Votre puissant empire
» Comptera de Teutons quatre-vingts millions.

» Reposons-nous pour réparer les pertes
» Que dans mille périls la Prusse aura souffertes.
» Réorganisons tout ; nos armes, nos soldats ;
» Et préparons, au feu d'une lutte terrible,
    » Une armée invincible.
» De l'Europe liguée affrontons les combats.

» La guerre avec l'Europe, heureuse et fortunée,
» Doit, du monde à jamais réglant la destinée,
» Achever des Teutons le triomphe immortel.
» Et vous pourrez alors, fort de votre puissance,
    » Dans l'antique Bysance,
» Relever des Césars l'empire universel.

» Là que de votre cour la pompe solennelle
» Donne à votre prestige une grandeur nouvelle,
» En faisant de Bysance un splendide Berlin !
» Que des pays conquis l'immense territoire
    » Elève votre gloire
» A la vieille splendeur du premier Constantin ! »

Tel est l'affreux projet dont la bouche sinistre
Du farouche Bismarck, détestable ministre,
Du plus cruel tyran, nous a tous affligés ;
Il veut que ce despote, en sa folle démence,
   Exerce sa vengeance
Sur cent peuples voisins soumis ou ravagés.

Prince, pour déjouer ce projet redoutable,
N'attendez pas le jour où la Prusse indomptable,
Brûlant, détruisant tout par le droit du plus fort,
Dans le débordement d'une colère extrême,
   A Saint-Pétersbourg même,
Irait porter le feu, le ravage et la mort.

Non, non, l'heure a sonné de détrôner la Prusse.
Que le drapeau Français s'unisse au drapeau Russe
Pour briser ces Teutons sanguinaires et fous !
Ces deux peuples amis s'aiment comme des frères,
   Que leurs armes prospères
Nous sauvent d'un péril qui nous menace tous !

La France bravera la flamme et la mitraille,
Pour livrer avec vous l'immortelle bataille
Qui fait tout notre espoir. Ses nobles légions,
Cent vingt mille coursiers et quinze cent mille hommes,
   Prouveront que nous sommes
Toujours prêts à venger le droit des nations.

La Hollande avec nous, la Suisse, la Belgique,
Le Danemark, épris d'un transport héroïque,
Tous ensemble enverront cinq cent mille guerriers.
Et, tous près de nos rangs, pour prévenir leur chute,
     Prenant part à la lutte,
Ils sauront dans le feu partager nos lauriers.

Des Russes, réveillez la fureur assoupie.
Armez-vous et jetez, dans l'Allemagne impie,
Deux cent mille coursiers et vingt mille canons.
De cent mille soldats composez vingt armées,
     Qui, de rage enflammées,
Aillent anéantir la race des Teutons.

Venez, fils de Rurick, venez du pôle arctique
Et des riches pays qui bordent la Baltique.
Vous, enfants de Moscou, de Kiew et de Riga,
Venez à Pétersbourg, guidés par vos bannières,
     Venez joindre vos frères,
Nés au bord de l'Oural, du Don et du Volga.

Hâtez-vous d'imiter ces Russes magnanimes,
Qui, sous Pierre-le-Grand, par leurs élans sublimes,
Aux vaillants Suédois creusèrent un tombeau.
Ah ! ne différez plus d'allumer les tempêtes ;
     Par de nobles conquêtes,
Sachez de vos aïeux illustrer le drapeau.

Et vous prince héritier, le désespoir dans l'âme,
De l'Europe expulsez, par le fer et la flamme,
Ces infâmes Teutons qui déchirent son sein,
Marchez et punissez de ces hommes parjures,
    Les affronts, les injures,
En lavant leurs forfaits dans leur sang inhumain.

Et ne vous fiez plus aux paroles mielleuses,
D'une fausse tendresse apparences trompeuses,
Dont la Prusse se sert et colore avec art
Sa basse jalousie et sa furie hautaine,
    Jusqu'au jour où sa haine
Oserait, contre vous, arborer l'étendard.

Ah! dans ses pas errants que votre illustre père,
Distingue, quoique tard, l'hypocrisie amère,
Qui trompe si souvent la bonté de son cœur.
Dans un voisin jaloux, plein d'un amour si tendre,
    Qu'il daigne enfin comprendre
Qu'il n'a qu'un ennemi sous un masque enchanteur.

Sur Posen et Breslau, lancez vos deux colonnes,
Et venez conquérir d'immortelles couronnes,
En livrant à la mort ces hordes de brigands ;
Et de Berlin en feu que la plaine infectée
    Soit longtemps humectée
Du sang de nos bourreaux sous le fer expirants !

Fidèle exécuteur des vengeances célestes,
Détruisez les Teutons, laissez leurs derniers restes
Servir de nourriture et de proie aux vautours.
Prince, instrument de Dieu qui maîtrise la foudre,
  Brisez, mettez en poudre
Ce peuple ivre de sang qui menace nos jours.

Heureux prince héritier, que la Russie honore,
Plus heureux dès le jour où vous verrez éclore
L'amour dont tous les cœurs palpiteront pour vous,
Quand, transformant la Prusse en une immense tombe
  La mitraille et la bombe
Du joug des Allemands nous délivreront tous,

L'Europe, du danger sortie indépendante,
A l'ombre d'une paix paisible et florissante,
Sur votre noble front posera de sa main,
Fière de vous fêter, de vous plaire empressée,
  La couronne tressée
Des lauriers moissonnés sous les murs de Berlin.

A SA MAJESTÉ LÉOPOLD II

ROI DES BELGES.

ODE III.

Ce n'est donc pas assez que le peuple Teuton,
De l'Europe exploitant la stupide indolence,
Etale à ses regards l'orgueilleuse moisson
    Des drapeaux conquis sur la France.

Il faut le voir encore, ivre de ses succès,
Aguerrir de nouveau ses hordes infernales ;
Poursuivre avec fureur ses funestes projets,
    Dignes des Huns et des Vandales.

Contre l'Europe, en deuil de nos derniers malheurs,
La haine des Germains, non encor ralentie,
Ne cesse d'inventer des engins destructeurs
    Qu'elle ne soit anéantie.

Ah ! dans leurs arsenaux quel lugubre appareil !
Que d'hommes dont les bras , ne forgeant que des armes
D'une nouvelle guerre enfantent le réveil,
    Source de chagrins et de larmes !

Pourquoi ces noirs canons et ces mortiers d'airain,
Ces amas de fusils, de lances meurtrières,
Ces énormes obus qui partent de Berlin
    Et dont regorgent les frontières ?

Où va donc cet essaim de nouveaux bataillons ?
Pourquoi chaque landwehr quitte-t-il sa demeure ?
Et pourquoi des uhlans les nombreux escadrons
    Sont-ils exercés à toute heure ?

Est-ce pour ravager des empires lointains
Que le cruel Bismarck prépare encore la guerre ?
Non, c'est autour de lui, sur les peuples voisins,
    Qu'il veut déchaîner sa colère.

Enfin disons le mot, Prince, c'est jusqu'à vous,
Paisible souverain de l'heureuse Belgique,
C'est sur vos bords chéris, que le Teuton jaloux
    Veut porter son fer tyrannique.

Vos plus riches Etats, la Flandre, le Brabant,
Vos splendides cités, Louvain, Anvers, Bruxelles,
A l'instinct belliqueux du Germain conquérant
    Offrent les palmes les plus belles.

Adhérez à la ligue, ou vous verrez un jour
Tous vos peuples tomber dans ses mains sanguinaires ;

Comme un petit oiseau que poursuit un vautour,
    Retombe toujours dans ses serres.

Et ne répondez plus : « Attendez, nous verrons,
» Si de nous engloutir Guillaume nous menace,
» Et si contre l'Europe, il tourne ses canons,
    » Nous écraserons son audace ».

L'attente c'est la mort. Prince, il vous faut agir,
Plus de neutralité soumise et complaisante,
Exterminez la Prusse ou vous devrez périr
    Sous sa cruauté triomphante.

Avec le Czarewitz, concertez votre plan :
La Hollande, la Suisse et la France à leur tête,
Se joindront aux Danois, dans un sublime élan,
    Bravant le feu de la tempête.

Allons ! Formez vos rangs. Aux armes, Bruxellois !
Maline, en verts lauriers transforme tes dentelles !
Liège, pour préluder à tes premiers exploits,
    Enfante des armes nouvelles.

Laborieux ouvriers, intrépides mineurs
De Mons et de Sereing, sortez de vos houillères !
Reprenez vos fusils ! Contre vos agresseurs,
    Préservez le toit de vos pères.

Belges de tout pays, affrontez le trépas,
Pénétrez par Zulpich au sein de l'Allemagne.
Que la destruction, brisant tout sous vos pas,
    Soit votre fidèle compagne !

Voyez-vous sur Berlin l'orage amoncelé ?
Déjà l'airain mugit, déjà la foudre tonne ;
Le tambour bat, partout l'air en est ébranlé,
    Suivez le signal qu'il vous donne.

Qu'ils meurent ces Teutons, égorgés de vos mains !
Eux qui semaient partout la mort et le carnage ;
Contre la foi punique, imitez les Romains !
    Détruisez cette autre Carthage !

A SA MAJESTÉ CHRISTIAN IX

ROI DU DANEMARCK.

ODE IV.

O roi, noble vengeur du peuple qui vous aime,
A l'aspect des malheurs dont un péril extrême
Vous menace aujourd'hui , moi, Français, votre ami,
Je voudrais réveiller, par ma lyre enivrante.
      Des Danois que je chante
      Le courage endormi.

Que ne puis-je à vos yeux dévoiler les mystères,
Qui couvrent des Teutons les ténébreux repaires,
Et les nouveaux projets et les complots divers
De Bismarck qui du monde a juré la ruine,
      Dont la rage s'obstine
      A lui forger des fers.

Voyez, dans les excès d'une noire furie,
Cet homme ravageant notre France chérie.
Voyez depuis qu'il brigue une fausse grandeur,
Les actes odieux dont sa conduite est pleine,
      Et sa fierté hautaine,
      Et son zèle agresseur.

L'annexion pour lui n'est qu'une hardiesse ;
Le parjure s'érige en prudente sagesse :
Le massacre sanglant en magnanimité ;
Et le mépris des lois, chose horrible et difforme,
　　A ses yeux se transforme
　　En noble liberté.

Oui, le peuple Teuton n'est, dès son origine,
Qu'un peuple de brigands ; le vol et la rapine
Usurpant les pays qui le rendent si fort.
Il veut fonder, atteint d'un aveugle délire,
　　L'universel empire
　　Sur le sang et la mort.

Malheur aux nations dont l'ardeur indiscrète
Se confie à la Prusse, avide de conquête !
Ce monstre dévorant, cruel, audacieux,
Engloutit tôt ou tard, avec leur territoire,
　　Leur liberté, leur gloire,
　　Leurs foyers et leurs Dieux.

Pour lui l'honneur n'est rien, le contrat n'est qu'un rêve.
Ce qu'il donne aujourd'hui, demain il vous l'enlève.
Et chaque résistance allume son courroux.
Contre lui tous ensemble armons notre courage ;
　　Et détournons l'orage
　　Qu'il fait gronder sur nous.

Renversons ce tyran en cabales fertile ;
Méfions-nous du fiel que sa langue distille,
Confondons son audace et brisons son orgueil.
Il marche sur les fleurs, il nage dans l'ivresse,
    Que sa folle allégresse
      Fasse place au cercueil.

Qu'elle s'écroule enfin cette Prusse insolente,
Sous les tristes lauriers de sa gloire sanglante,
Avec elle entraînant ses projets insensés !
Composez, à la voix de ma muse plaintive,
    Une ligue offensive
      Des peuples menacés.

Prince, tel est le but qu'il vous reste à poursuivre,
Aux plus graves périls si vous voulez survivre.
Il est à Pétersbourg, au bord de la Néva.
Un grand prince, héritier de l'empereur, son père,
    Dont la Russie est fière
      Et qu'elle aime déjà.

Ce duc au cœur vaillant, franc, généreux, aimable,
Nourrit contre la Prusse une haine implacable.
Il sera de nos droits un terrible vengeur.
Son épée au combat, rendra, forte et puissante,
    L'Europe triomphante
      Du joug de l'oppresseur.

Exposez-lui les maux de l'Europe affligée,
Et par son cœur loyal, chérie et protégée,
Pour qu'il brise l'essor de l'orgueilleux Bismarck.
Dites-lui que vous même, à la Russie armée,
    Vous joindrez votre armée
    Et tout le Danemark.

Contre le flot montant du torrent Germanique,
Vous le verrez alors entraînant la Belgique,
La Hollande, la Suisse et tout le peuple Franc,
Déchaîner le fléau d'une armée indomptable
    Sur la Prusse exécrable,
    Et l'inonder de sang.

Allons, peuple Danois, que l'horreur du servage,
Armant tes bras vengeurs et rallumant ta rage,
· Te dévoue à la mort des féroces Germains !
Pour défendre contre eux ta liberté civile,
    Qu'en tes yeux le feu brille
    Et le fer dans tes mains !

Puisse au champ de l'honneur ton ardeur, ta vengeance
Noyer les Prussiens dans un massacre immense !
Pour ton sang répandu, qu'au signal du tambour,
Coule le sang Germain, et que sous sa rosée
    Ta colonne arrosée
    S'élance sur Hambourg !

De Hambourg à Berlin, déchaînée à ta suite,
Que la mort des Teutons précipite la fuite !
Et que les noirs débris de leurs fiers bataillons
Des champs du Brandebourg, du plus affreux carnage
      Triste et dernier partage,
      Engraissent les sillons ?

A MESSIEURS LES MEMBRES DU CONSEIL FÉDÉRAL

DE LA RÉPUBLIQUE HELVÉTIQUE.

ODE V.

Quel coup menace l'Helvétie,
Qui frappe mes regards tremblants ?
Les champs de Vaud, de la Rhétie
S'ébranlent-ils sur des volcans ?
Non, non, des rives de la Sprée
Bismarck, hypocrite et cruel,
A, vers cette riche contrée,
Tourné son cœur rempli de fiel.

Quoique, par mille stratagèmes,
Il soit devenu le plus fort,
Toujours il se masque à nous-mêmes,
Quand, par sa fourbe, il nous endort.
Et tandis qu'il semble nous dire
Qu'avec tous il veut vivre en paix,
Je sens que ce monstre désire
Commettre de nouveaux forfaits.

Déjà sur l'Autriche et la France,
Malgré leur puissante valeur,
Il a promené sa vengeance
Comme un fléau dévastateur.

Bientòt sa cruauté féconde
En tout lieu sèmera le deuil,
Bientôt chaque pays du monde
Ne sera qu'un vaste cercueil.

Suisse, debout! Vois et surveille!
S'il le faut, sonne le tocsin!
Et nuit et jour prête l'oreille
Aux bruits qui viennent de Berlin.
Entends ces paroles sanglantes
Du farouche et cruel Bismark :
« Marchez, légions triomphantes,
» Marchez vers le Grand Saint-Bernard. »

L'heure a sonné, l'Europe s'arme,
Le bruit en retentit partout.
Non, non, la paix n'a plus de charme,
Tant que l'Allemagne est debout ;
Suisse, à l'Europe qui t'appelle
Contre le Teuton redouté,
Unis ta phalange immortelle,
Et sauve ainsi ta liberté.

Underwal, garde la mémoire
Du jour de triomphe et d'honneur,
Où tu sus te couvrir de gloire
Contre les Germains en fureur.

Forme tes rangs, que ta vaillance,
Au premier appel des clairons,
Plus prompte qu'un éclair, s'élance
Sur les colonnes des Teutons !

Uri, par les torrents de larmes
Qui vinrent inonder tes yeux,
Lorsque, sous le poids de ses armes,
Albert opprima tes aïeux ;
Juge des scènes de carnage
Dont serait déchiré ton sein,
Si ton inflexible courage
Succombait sous le fer Germain.

Schwitz, pour prévenir la chute
Des libertés que tu chéris,
Pars et va vaincre dans la lutte,
Car si tu tardes, tu péris.
De la féroce Germanie,
Qui menace tous les Etats,
Va renverser la tyrannie
Dans les orages des combats.

Suisse, la Russie irritée
S'apprête à battre les Teutons.
Contre eux l'Autriche ensanglantée
Arme ses ardents bataillons,

Dans cette guerre germanique.
Où vont les Danois et les Francs,
Les Pays-Bas et la Belgique
Tiendront aussi les premiers rangs.

Vite au combat, à la frontière
Cours, vole. peuple Helvétien !
Et dans ta bouillante colère.
Brave le vautour Prussien !
Que, dans tes mains, heureux présage.
Le drapeau de la liberté.
Affrontant son regard sauvage.
Brise son essor indompté !

De vos vallons, de vos montagnes,
De Tell indomptables vengeurs,
Elancez-vous dans les campagnes
De vos barbares agresseurs !
Jusqu'à Berlin que vos armées
Chassent ces infâmes pillards !
Sur leurs ruines enflammées
Faites flotter vos étendards !

A SA MAJESTÉ GUILLAUME III

ROI DE HOLLANDE.

———

ODE VI.

Vous, dont le règne heureux irrite le tonnerre
D'un puissant potentat, de vos Etats jaloux,
O roi des Pays-Bas ! affrontez la colère
De l'orage effrayant qu'il fait gronder sur vous.
Non, non, des Hollandais le courage héroïque
Des Français ne craint plus les foudres passagers.
Un tout autre ennemi, la fureur Germanique,
Amoncelle sur eux les plus graves dangers.

Louis-le-Grand jamais jura-t-il la ruine
D'un peuple si fécond en exploits éclatants ?
Non, ce roi, redoutant sa puissante marine,
Voulait en affranchir le commerce des Francs.
Prince, un plus grand péril menace votre tête :
L'Allemagne en rentrant au sein de vos Etats,
Désire en assurer la brillante conquête,
Ou livrer la Hollande au fer de ses soldats.

Faire avec les pays d'une faible étendue,
Qui de la Germanie entourent les confins,
Une immense Allemagne aux intrigues vendue,
Et de là subjuguer ses plus puissants voisins ;
Prendre au dernier d'entre eux sa couronne ou sa vie,
Et finir par asseoir l'Empire universel,
Sur les débris fumants de l'Europe asservie :
De Guillaume tel est le complot criminel.

Prince, que votre ardeur à ma voix se réveille
Contre l'avidité du Teuton abhorré !
Employez les rigueurs que ma muse conseille,
Ou par le monstre un jour vous serez dévoré.
Qu'un formidable apprêt arme votre vaillance !
Que du bruit de l'airain tremblent vos arsenaux !
De votre âme en fureur qu'une prompte vengeance
Déchaîne sur la Prusse un déluge de maux !

Et vous fiers Hollandais, bouillant peuple de braves,
Quand il faut explorer l'immensité des mers,
Sachez vaincre ou mourir plutôt que d'être esclaves,
Guerre et mort aux Teutons qui vous forgent des fers !
Que l'Océan, s'il faut, inonde encor vos terres !
Et qu'en périssant tous dans l'abîme des flots,
Ils apprennent enfin, ces peuples sanguinaires,
Qu'en Hollande est toujours un peuple de héros !

Que dis-je ? Non, avant que Frédéric-Guillaume,
Implacable ennemi de votre liberté,
Ait pillé, ravagé votre riche royaume,
Prévenez les assauts de sa férocité.
Qu'en terrible agresseur la Hollande se change !
Qu'elle vole à l'attaque au signal des clairons !
Que les mânes sacrés de Guillaume d'Orange
Vous mènent à Berlin massacrer les Teutons !

Elancez-vous, guerriers, que la rage accompagne ;
Les Belges, les Danois se pressent sur vos pas ;
La Suisse et la Russie, au sein de l'Allemagne,
Portent avec les Francs les horreurs du trépas.
Faites-nous voir des toits que la flamme ravage,
Et du sang Allemand des sillons engraissés ;
Des fleuves et des mers remplissez le rivage
Du plus horrible amas de Germains entassés.

A SA MAJESTÉ FRANÇOIS-JOSEPH Ier

EMPEREUR D'AUTRICHE.

ODE VII.

Par quel affreux destin la discorde et la guerre
Viennent-elles encor épouvanter la terre,
Et la couvrir de pleurs, de sang et de forfaits ?
Et pourquoi donc la paix n'a-t-elle plus de charmes ?
      Pourquoi le bruit des armes
Suspend-il en tous lieux le cours de ses bienfaits ?

Un prince dominé par la fourbe et l'envie,
Ebloui d'une gloire, à la France ravie,
Cherche à renouveler ses tragiques exploits.
Sur l'Europe, ce tigre, affamé de carnage,
      Veut déchaîner sa rage,
Et la soumettre enfin à ses iniques lois.

Guillaume, en irritant la fureur Germanique,
Espère tout d'abord sous son joug despotique
Mettre des rois voisins les vastes régions ;
Et puis, d'une main sûre et de foudres armée,
      Sur l'Europe enflammée,
Poursuivre et subjuguer toutes les nations.

Vous, à qui le Très-haut, dans sa bonté suprême,
Pour la félicité d'un peuple qui vous aime,
Confia des Hapsbourg le souverain pouvoir.
Prince, de prolonger, sur l'Europe tremblante,
      Une paix chancelante,
En vain vous faites-vous le plus sacré devoir.

Non, dans ses noirs complots, la fureur prussienne
Détestant, abhorrant la gloire Autrichienne,
Ne se contente pas de stériles lauriers.
Pourquoi de tant de rois convoiter les couronnes ?
      En ébranlant leurs trônes,
Elle veut les briser sous ses coups meurtriers.

Votre amour de la paix sans doute vous honore ;
Mais un affreux péril aujourd'hui vient d'éclore,
Des projets que la Prusse a formés contre nous.
L'horizon de Berlin, qui s'agite dans l'ombre,
      Devient toujours plus sombre
Et présage des maux qui nous affligent tous.

Quels sont donc les désirs du furieux Guillaume ?
Veut-il assimiler à son ancien royaume
Les peuples malheureux par lui-même envahis ?
Veut-il faire oublier, prodiguant sa tendresse,
      Au Hanovre, à la Hesse,
Qu'ils furent à leurs rois injustement ravis ?

Non, son cœur, toujours plein d'une ardente vengeance
Ne ressentit jamais ni pitié, ni clémence.
Quel complot trame-t-il? Quels nouveaux attentats
A rêvés ce tyran dans son délire extrême?
     Vers l'Allemagne même
Tournerait-il encore le fer de ses soldats?

Quoi donc? Chez ses amis, dans Bade et la Bavière.
Voudrait-il rallumer le flambeau de la guerre?
Et vos peuples germains, soumis au même sort,
Les engloutirait-il, dans l'élan qui l'entraîne
     Sous le poids de sa haine,
Les forçant de choisir l'esclavage ou la mort?

Non, ce dernier projet, Guillaume le médite:
D'un tel succès dépend sa fortune maudite;
Mais avant d'obtenir ce triomphe assuré.
Il veut sur les débris de notre illustre France,
     Assouvir sa vengeance;
Ce crime avec Bismarck est un accord juré.

Puis, la France détruite, il prendra la Belgique.
Les Suisses, les Danois, sous son fer tyrannique,
Avec les Hollandais tomberont à leur tour;
De cette immense Prusse, au pillage formée,
     Sur l'Europe alarmée,
D'innombrables Teutons s'élanceront un jour.

Et si vous permettez que ce peuple barbare,
Qui pour tout dévaster nuit et jour se prépare,
Se porte à chaque instant à de nouveaux excès,
Sur les lambeaux sanglants de l'Europe expirante,
     La Prusse triomphante
Recueillera le fruit de ses derniers succès.

Prince, un monstre pareil, l'Europe doit l'abattre,
Contre un soldat Teuton, qu'elle en suscite quatre,
S'il le faut ! et soudain arborant l'étendard,
A détruire un empire, avide de conquête,
     Que tout peuple s'apprête !
La chute de Berlin ne souffre aucun retard.

Eh ! quoi, vous iriez donc, comme un aigle intrépide
En Prusse, déployer un zèle fratricide,
Pour voir les Allemands de Wagram et d'Esslin,
Au cœur des Allemands de Munich et de Trève,
     Venir plonger leur glaive,
Et du nord au midi verser le sang Germain !

Non, non, en combattant son infernale audace,
Respectez du Teuton et le sang et la race ;
Ne soulevez jamais des Germains contre lui.
Attaquez, pour briser l'éclat de sa puissance,
     L'orgueilleuse insolence
Du peuple Italien, son plus solide appui.

Armez vos bataillons. Tombez sur l'Italie,
Et non sur la Bavière et sur la Westphalie.
Donnez une éclatante et terrible leçon
Aux Piémontais, trop fiers de leur nouveau royaume.
   Qu'ils soient bannis de Rome,
Et des Etats par eux envahis sans raison !

Affrontez sans pâlir la lutte Italienne.
Vos alliés, bravant la fureur Prussienne,
Sauront anéantir, au sein de leurs foyers,
Ceux qui sur nous, toujours affamés de pillage,
   Amoncelaient l'orage,
Et nous serons sauvés des plus graves dangers.

Et vous, sous les lauriers de cette guerre illustre,
Prince, vous aquerrez, orné d'un nouveau lustre,
Sur l'Allemagne entière un nom prépondérant.
Les heureux résultats d'une sage victoire,
   En vous couvrant de gloire,
Vous environneront d'un prestige éclatant.

Oui, oui, vengez l'Europe, et l'Europe joyeuse.
Du retour d'une paix utile et glorieuse,
En vous, notre vainqueur, en tous lieux vénéré,
Bénira la prudence à la valeur unie,
   Et de la Germanie
Vous fera présider l'Etat confédéré.

Nimes. — Typ. Clavel-Ballivet, rue Pradier, 42.

LE SACRÉ-CŒUR

ODE I.

Peuples, dans les élans d'une sainte allégresse,
Chantez du Sacré-Cœur l'immortelle tendresse,
Publiez ses bienfaits sans cesse renaissants ;
Pour que ce cœur rempli des plus ardentes flammes,
De son divin amour, dans le sein de vos âmes,
   Verse les flots brûlants.

Un cruel ennemi, dans un excès de rage,
A de notre salut conjuré le naufrage :
Lucifer, ce tyran, jaloux de notre sort,
Circonvenant nos cœurs, les pousse, les entraîne,
Les engloutit enfin, sous le poids de sa haine,
   Dans l'éternelle mort.

Mais le cœur de Jésus de notre destinée
Est l'arbitre suprême. A la guerre acharnée
Dont l'Enfer nous poursuit, il s'oppose en vainqueur :
Sa gloire et ses mépris, sa joie et ses souffrances.
Qui de notre âme au Ciel portent les espérances.
   Feront notre bonheur.

Que Satan en courroux rugisse et nous assiége ;
Que le monde pervers, d'une main sacrilége
Contre le Dieu du Ciel arbore l'étendard ;
Toujours du Sacré-Cœur la grâce triomphante
Sera de notre foi, craintive et vigilante,
   L'invincible rempart.

Tout était consommé. La victime immolée,
Du haut du Golgotha sur la terre ébranlée,
Attirait par sa mort le trouble et la terreur ;
Mais que vois-je ? un soldat vers l'Homme-Dieu s'avance ;
O crime ! ô barbarie ! il a, d'un coup de lance,
   Ouvert son divin cœur.

Oui, ce cœur, transpercé par un fer déicide,
Des fragiles humains sera l'unique guide,
Dans le sentier qui mène au céleste séjour.
A l'âme criminelle il donnera la vie,
Et mettra dans les cœurs, déchirés par l'envie,
   Les bienfaits de l'amour.

Voyez, dans le séjour de paix et de victoire,
Ce cœur, resplendissant d'une immortelle gloire,
Et brillant de l'éclat du soleil éternel.
Il réfléchit les feux du foyer qui l'éclaire,
Et change, en océan d'amour et de lumière,
   L'immensité du ciel.

De ce cœur triomphant, les célestes milices,
Par de joyeux concerts, dans le sein des délices,
Exaltent à l'envi la douce charité.
Archanges, Séraphins, Chérubins et Puissances,
Et ceux, à qui le ciel s'ouvrit par ses souffrances,
      Célèbrent sa beauté.

Peuples, ce cœur chéri des augustes phalanges,
Qui le comblent au ciel d'éternelles louanges,
Vous pouvez l'honorer au terrestre séjour.
Jaloux de votre cœur, sans cesse il vous appelle,
Il vous demande à tous que votre amour fidèle
      Réponde à son amour.

Pour vous, il est captif dans le saint tabernacle,
Où les anges ravis contemplent ce spectacle,
Qui fait goûter au ciel d'ineffables douceurs.
Si vous ne pouvez voir l'éclat de sa présence,
De ce cœur tout aimant la secrète influence
      Doit parler à vos cœurs.

Ah ! venez adorer ce cœur rempli de charmes ;
Emus de repentir, les yeux mouillés de larmes,
Déplorez pour toujours votre rébellion ;
Comme des criminels tremblants devant leur juge.
Demandez à ce cœur, votre unique refuge,
      Les grâces du pardon.

Car, malheur aux humains, dont l'esprit en délire
Fuit le cœur de Jésus et son aimable empire ;
Le mépris de sa grâce attire ses fléaux.
Dieu répandra sur eux dans les profonds abîmes,
D'un supplice éternel, éternelles victimes,
      Un déluge de maux.

Daignez, cœur de Jésus, agréer nos hommages.
Nous voulons par nos pleurs réparer les outrages
Que notre âme vous fit rebelle à votre voix.
Que les plaisirs pour nous deviennent des souffrances !
Nous voulons mériter vos chastes complaisances
      En partageant vos croix.

AUX ATHÉES

ODE II.

Silence, esprits légers, pleins d'une folle ivresse !
Silence et qu'en ce jour l'éternelle sagesse,
Pour dessiller vos yeux vous parlant par ma voix,
Prouve à vos cœurs, séduits par de brillants fantômes,
Qu'au dessus des terreurs du vain pouvoir des hommes
      Règne le roi des rois !

Sur un Dieu qui veut bien pas à pas vous conduire,
Pourquoi donc votre orgueil refuse de s'instruire ?
Répondez, ô mortels, indociles et fous.
Pourquoi déniez-vous à la bonté suprême
De ce Dieu bienfaisant, de ce Dieu qui vous aime,
      Ce qu'elle a fait pour vous ?

Pour vous, en un clin-d'œil, sa puissance féconde
Fit sortir du néant l'immensité du monde ;
Jeta dans l'infini, sous le nom de soleil,
Un astre suspendu sur la terre mouvante,

Qui vous donne à la fois sa chaleur bienfaisante
    Et son éclat vermeil.

Dieu lança dans les airs des montagnes sublimes.
Il renferma les eaux dans de vastes abîmes ;
Et malgré le courroux de ses flots irrités,
L'Océan dès ce jour respecta ses limites,
Et vint toujours briser, sur les bornes prescrites,
    Ses transports indomptés.

Cet esprit créateur, cet architecte unique
A mis dans son ouvrage un concert magnifique,
Entre la mer, la terre et les célestes corps.
Ce brillant univers, immortelle machine,
Agit, se meut toujours, comme à son origine,
    Sur ses premiers ressorts.

Il sut aussi ce Dieu, si fertile en largesses,
A l'Univers naissant prodiguer ses richesses ;
Les plaines, les vallons et les coteaux déserts,
Sous son souffle puissant, animant la nature,
Revêtirent soudain une aimable parure
    De fleurs et d'arbres verts.

Par lui le genre humain fut comblé d'abondance.
L'automne par ses fruits charma son existence,

Le printemps par ses fleurs, l'été par ses moissons.
Contre les aquilons et leurs froides haleines,
Des troupeaux bondissants et tout chargés de laines,
    Offrirent leurs toisons.

Honneur à ce grand Dieu qui règne sur nos têtes,
Dont le bras tout-puissant déchaîne les tempêtes,
Dont le trône est assis sur l'océan des airs !
A ce Dieu qui d'effroi sait glacer notre audace,
Et dont un seul regard, une simple menace,
    Fait trembler l'univers !

Sage autant qu'il est fort, il punit les offenses,
Les odieux complots, les atroces vengeances,
Les persécutions du puissant couronné ;
Mais il décerne aussi des palmes magnifiques
Aux mérites obscurs, aux douleurs héroïques
    Du juste infortuné.

Il est bon et clément, et dans nos cœurs coupables
Il répand du pardon les grâces ineffables,
Qui de l'aimer encor nous donnent le pouvoir ;
Et son souffle divin nous parle et nous inspire,
Et pour reconquérir son immortel empire
    Relève notre espoir.

Devant tant de bienfaits qui vous le font connaître,
A votre Dieu si bon, à votre aimable maître
Dévouez, ô mondains, votre esprit, votre cœur.
Déplorez les erreurs de vos âmes parjures,
Et consacrez-vous tous, fragiles créatures,   .
            A votre créateur.

Et toi, Dieu tout-puissant, le plus tendre des pères,
Jette sur l'incrédule un rayon des lumières
Dont tu fais resplendir l'immensité des cieux,
Qui réveille en son cœur l'amour et l'espérance,
En lui manifestant de ta douce présence
            L'éclat majestueux.

LES LARMES D'UNE MÈRE

ODE III.

Ah ! pour moi quel malheur ! quelle angoisse mortelle !
Je te croyais , mon fils , entre mes bras chéris ,
Et soudain je reçois l'effrayante nouvelle
      Que je n'ai plus de fils !
Trois jours te suffisaient pour revoir ton village.
Heureux d'avoir bravé les horreurs du carnage,
De Forbach à Strasbourg , de Strasbourg à Belfort ,
Tu triomphais des traits de la fureur germaine ;
Et puis devant Paris , sous le fort de Vincenne ,
      Tu viens chercher la mort !

O mon fils ! seul objet des larmes de ta mère
Par les plus riches dons de l'esprit et du cœur !
Toi , depuis ton berceau , l'amour de ton vieux père
      Et de ta jeune sœur !
Où sont donc la splendeur du jour de ta naissance ?
Les charmes ravissants de ta naïve enfance ,
Ton ingénuité , tes transports amoureux,
Et mille autres beautés que mon cœur plein d'ivresse,
Dans mon fils , tout brillant de grâce et de sagesse ,
      Découvrait à mes yeux.

*

O plaisir inoui ! trop heureuses journées !
Où ton joyeux sourire enflammait mes désirs ,
Où les jeux enfantins de tes tendres années
     Egayaient mes loisirs ;
Lorsque ta sœur et toi , deux fleurs à peine écloses ,
A l'ombre des jasmins et des liserons roses,
Qui fermaient les abords du séjour paternel,
Dormiez en appuyant vos têtes ondoyantes ,
Et vos petites mains timides , caressantes ,
     Sur mon sein maternel.

Quel bonheur de te voir , plein d'une ardeur craintive ,
Epancher ton amour dans le banquet divin !
T'approcher , à douze ans , angélique convive ,
     Du céleste festin !
Ce beau jour près de toi me vit heureuse et fière.
Je tressaillais de joie en m'appelant ta mère ;
Chacun de nos amis , émus par ta candeur,
Me disait , dans l'élan d'une douce allégresse :
« Que ton fils est aimable ! Un jour de ta vieillesse
     » Il fera le bonheur ».

Quelle joie à t'entendre à ton travail champêtre,
Sur nos coteaux fleuris, dans nos riants vallons,
Réjouir les agneaux, que ta sœur faisait paître,
     Par tes douces chansons !

Nous redisant tantôt les dons de la nature,
Les moissons et les fruits, les fleurs et la verdure,
Où se peignent du Ciel les plus tendres bienfaits :
Et tantôt la fureur des vents et des tempêtes,
Qui semblent, en hiver, s'abattre sur nos têtes,
      Pour punir nos forfaits.

Mais quel déchirement, doux et charmant jeune homme.
Quand le sort dans les camps appela ta valeur !
Quel transport, quand je vis, sous notre toit de chaume,
      Briller ta croix d'honneur !
Quand plus tard l'Allemagne envahit la patrie,
Quand la France, à la voix du canon en furie,
Réunit ses enfants sur les rives du Rhin,
T'armant contre la mort du courage des braves,
Tu triomphas partout des périls les plus graves,
      Chéri par le destin.

Te voilà sous Paris — Ah ! quelle main perfide
Vient transformer soudain, te perçant de ses traits,
Dans les affreux volcans d'un peuple parricide,
      Tes lauriers en cyprès !
O mon fils ! mon cher fils, qu'ont porté mes entrailles
Toi, sorti glorieux du hasard des batailles,
Sous quel astre maudit, par quel malheureux sort,
Lâchement poursuivi par les traits de la haine,

En montant à l'assaut des remparts de Vincenne,
    As-tu trouvé la mort?

Quoi ! malgré les Teutons pleins de fourbe et d'envie,
Harcelant nos soldats dans de sombres détours,
Et jurant de mourir pour t'arracher la vie,
    Tu conservas tes jours !
Quoi ! les noirs Bavarois et les Saxons féroces
T'ont respecté, mon fils, dans leurs succès atroces,
Déployant pour te nuire un courage inhumain ;
Et Paris, si jaloux de relever la France,
Paris, qui se vantait d'illustrer sa vaillance,
    T'égorge de sa main !

Paris ! maudit Paris ! ville ingrate et rebelle !
Qui souris aux excès du complot triomphant,
As-tu donc pu donner, d'une main criminelle,
    La mort à mon enfant ?
Non, non, cela n'est pas ! mon fils, tu vis encore !
Non, non, tu n'es point mort ! aux rayons de l'aurore
Tes yeux s'ouvrent encor, et tu viens me revoir.
Erreur ! j'ai dans ma main ta lettre mortuaire !
Non, mon fils, il n'est plus, pour consoler ta mère,
    Qu'un pli bordé de noir !

Sans fille et sans époux, pour toi, seule en ce monde,
En toi seul, ô mon fils , je fixais mon amour ;
Mais cet amour cruel, une douleur profonde
   L'a brisé sans retour.
Mon fils , dont le regard enivrait ma tendresse !
Mon fils , unique espoir de ma triste vieillesse !
Ah ! Dieu qui t'a ravi, qu'il daigne anéantir
Jusqu'au dernier soupir de ta mère qui t'aime !
O ciel! accorde-moi comme un bonheur suprême
   La grâce de mourir !

LE MÉPRIS DES RICHESSES

ODE IV.

Dans l'âge d'or du monde où d'un essor agile,
Nos pères vers le Ciel élevaient leurs désirs,
Charmés de vivre en paix sur la terre fertile,
Ils goûtaient le bonheur dans d'innocents plaisirs.

L'obscurité des nuits, le réveil de l'aurore,
Leur révélaient de Dieu les sublimes grandeurs ;
Et les aimables fleurs, que sa main fait éclore,
De spectacles charmants réjouissaient leurs cœurs.

Sous un rustique toit où brillait la verdure,
Au milieu de leurs champs aux fertiles sillons,
Ils étaient inondés d'une ivresse aussi pure
Que l'or étincelant de leurs riches moissons.

On ne les voyait point, sur des nefs vagabondes,
Sillonner en tous sens l'immensité des mers,
Réunir, en bravant la colère des ondes,
Les trésors dispersés dans le vaste univers.

Leurs splendides festins, et leurs jeux, et leurs fêtes ,
Dn mensonge et du vice ignoraient le remords.
Pour leurs cœurs encor francs de la soif des conquêtes ,
L'innocence et la paix étaient les seuls trésors.

La folle ambition , la discorde insolente ,
La criminelle envie aux perfides complots ,
L'orgueilleuse fierté, l'avarice opulente ,
Respectaient des humains le calme et le repos.

Mais un jour , des mortels , brûlant de satisfaire
L'ardeur de conquérir un dangereux trésor ,
Se mirent à creuser dans les flancs de la terre ,
Pour éteindre leur soif dans les sources de l'or.

De l'empire des morts les voûtes s'ébranlèrent ,
Sous un fer qui jadis n'ouvrait que des sillons ;
Et ses coups redoublés follement pénétrèrent
De l'enfer étonné les abîmes profonds.

Ces coups retentissants bientôt se font entendre
De Satan qui, voyant les précieux débris
De son or enlevé, jure de se défendre
Contre ceux dont le fer a percé ses lambris ,

« Pourquoi donc mettez-vous le comble à tous vos crimes ?
» Mortels , pourquoi des morts troublez-vous le sommeil,
S'écrie alors Satan ? « Pourquoi des noirs abîmes
» Exposez-vous la nuit aux rayons du soleil ?

» Vous me ravissez l'or ? l'or fera votre perte ;
» Vous verrez avec lui mille vices affreux ,
» Vous poursuivre en tous lieux sur la terre déserte
» De premières vertus , qui vous rendaient heureux.

» Vous verrez dans vos cœurs, sources de vos faiblesses,
» Cet or empoisonné distiller son venin ;
» L'horreur de l'indigence et l'amour des richesses
» Vous précipiter tous dans un vice sans frein.

» Vous verrez la fureur , la haine , la vengeance ,
» La redoutable envie aux regards menaçants,
» Compromettre , troubler le repos , l'existence
» De tout homme dont l'or asservit les penchants.

» De meurtres et de vols j'innonderai le monde ,
» Corrompant les mortels au Ciel prédestinés ;
» Et tous les vains trésors, où leur espoir se fonde,
» Deviendront pour leurs cœurs des dards empoisonnés.

» Entre les nations j'exciterai la guerre,
» En provoquant partout d'infernales fureurs ;
» Et des plus noirs forfaits une soif sanguinaire
» Sera pour les humains une source de pleurs.

» Oui , je veux désormais que ce métal funeste
» Soit pour le genre humain un aimant dangereux ;
» Que pour lui les bienfaits de la grâce céleste
» Soient bien moins attrayants qu'un or fallacieux ».

Il dit, et sur le champ dans le monde il déchaîne,
Avec l'or qui de l'homme éblouit les regards,
La rage, la fureur, la colère, la haine,
Que cet or adoré souffle de toutes parts.

Tels sont les maux que l'or engendre sur la terre
Dans tous ceux que séduit l'éclat de sa beauté ;
Loin d'apaiser leur soif, à cette coupe amère
Ils rallument l'ardeur de leur avidité.

Morte, défiez-vous des passions horribles
Que le culte de l'or entraîne dans les cœurs,
Et qui domptent toujours en tyrans invincibles,
Les humains aveuglés par ses appas trompeurs.

Aimez la pauvreté, méprisez les richesses ;
Et ces sublimes dons, dispensés par le Ciel,
Pour vos cœurs abhorrant le monde et ses largesses
Seront un avant goût du bonheur éternel.

A MONSIEUR

LE MARÉCHAL DE MAC-MAHON, DUC DE MAGENTA

Président de la République Française.

ODE V.

Vous par qui notre France, à ses peuples rendue,
Reprenant son essor vers sa gloire perdue,
Commence à recouvrer son antique splendeur,
Souffrez, ô Mac-Mahon, héros plein de vaillance,
    Que ma reconnaissance
Vous exprime en ce jour l'hommage de mon cœur.

Entre tous les humains que le monde voit naître,
Ceux qui sont par le ciel appelés à transmettre
A la postérité des titres éclatants,
N'ont qu'un double moyen de graver leur mémoire
    Aux fastes de l'histoire :
Une haute naissance ou d'illustres talents.

Or, qui peut contester votre noble origine ?
Quand, dès votre berceau, la tendresse divine,

Ici bas votre guide et fidèle soutien ,
A daigné vous orner des titres magnifiques
         De ces princes antiques ,
Qui firent resplendir le vieux sang d'O'Brien.

Quant à votre mérite , une valeur guerrière ,
Immortelle splendeur d'une longue carrière,
En ceignant votre front des plus brillants lauriers,
A prouvé dès longtemps qu'à la magnificence
         D'une haute naissance
Vous saviez ajouter la gloire des guerriers.

A la prise d'Alger quel feu vif et terrible !
A l'attaque d'Anvers quel courage invincible
Montra dans vos élans la fureur des combats !
Quel délire enivrant ! Quelle brillante flamme ,
         En transportant votre âme,
Sur la tour Malakoff entraina nos soldats !

Quel triomphe pour vous au sein de l'Italie !
Quand des Autrichiens l'armée ensevelie,
Sous le torrent de feu qui sur elle éclata ,
Vous vîtes l'Empereur , fier de votre victoire,
         Sur le champ de la gloire,
Vous donner le beau nom de duc de Magenta,

Hélas ! le Ciel permit qu'en bravant le tonnerre
D'un monarque insolent, d'une sanglante guerre ,
La France supportât tout le poids écrasant.
Sans pouvoir nous sauver d'une fatale chute ,
      Votre héroïque lutte
Brilla dans nos malheurs comme un astre éclatant.

Oui, nous verrions plutôt, dans leur rapide course,
La Moselle et le Rhin remonter vers leur source,
Que votre noble cœur pâlir au champ d'honneur.
Reichoffen et Sedan démontrent que vous êtes
      Plus beau dans vos défaites ,
Que nos fiers ennemis dans leur triste splendeur.

Paris vit à son tour la brutale furie
Des chefs de la Commune armer la barbarie
De mortels aveuglés , venus de toutes parts ;
Et , dans les noirs transports d'une rage homicide,
      La foule au front livide
Faire voler la mort du haut de ses remparts.

Mais bientôt votre armée , après d'affreux ravages,
Vit fuir les insurgés comme on voit les nuages
Fuir dans l'azur du Ciel, dispersés par les vents.
Ces hommes aveuglés , affamés de rapines ,

De Paris en ruines ,
Regagnèrent l'exil tout pâles et tremblants.

Depuis cet heureux jour la sanglante Commune
N'osa plus attrister , par sa joie importune ,
Les Français rassurés par votre illustre nom.
De Toulon à Calais , du Rhin au Finistère ,
      Sa bouillante colère
S'irrita des bienfaits du sage Mac-Mahon.

Mais ce monstre odieux , tout pétri d'artifice ,
Nous menace toujours des traits de sa malice
Et nourrit de nous vaincre un sacrilége espoir.
D'ensevelir un jour , dans le fond de l'abîme ,
      Le pouvoir légitime ,
Il ose s'imposer le plus sacré devoir.

Il veut que l'Assemblée, où sa rage s'exerce ,
Comme un cèdre élevé que la foudre renverse
Sur un amas confus de ses rameaux brisés,
Menacée , assaillie , en tous sens ébranlée ,
      Et sur nous écroulée ,
Nous engloutisse enfin de sa chute écrasés.

Quel déplaisir de voir l'Assemblée intrépide,
Vous choisissant un jour pour son souverain guide,

Remettre le pouvoir en vos puissantes mains ,
Et d'une ère de paix , sous vos heureux auspices ,
    Savourant les délices ,
Tous les bons citoyens couler des jours sereins !

Quel brillant orateur ! quel illustre poète
Dépeindrait à vos yeux la France stupéfaite
D'un bonheur qui combla ses vœux et son espoir ,
Lorsque , sans déplorer aucunes funérailles ,
    Elle apprit que Versailles
Vous avait confié les rênes du pouvoir !

Omettons les transports qui , du fond de l'Irlande ,
Vous offrirent naguère une immortelle offrande ;
Omettons les élans de la cité d'Autun ,
Qui, de tous vos bienfaits de plus en plus charmée,
    De votre renommée
Se plaît à savourer l'odeur et le parfum.

Choisissons un seul trait d'une extrême éloquence,
Pour prouver tout l'amour dont vous aime la France,
Dans ce cri d'allégresse et d'admiration ,
Qui sortant de nos cœurs comme un cri de victoire,
    Sur tout le territoire ,
A succédé soudain à votre élection.

Ce cri, retentissant , sorti de nos poitrines ,
A rempli nos vallons , nos plaines , nos collines ,
Et d'un jour de printemps embelli la splendeur.
Sous les lambris dorés, comme sous l'humble chaume,
   Pas un seul honnête homme
Qui ne vît dans ce jour un vrai jour de bonheur.

Tel , dans l'obscurité des plus fortes tempêtes ,
Le soleil tout à coup , rayonnant sur leurs têtes ,
Vient ramener le calme au cœur des matelots ;
Telle, en brillant soudain sur notre pauvre France,
   Votre illustre présence
De la tourbe insensée a su calmer les flots.

Grâce au profond respect que votre nom inspire,
Dans les fertiles champs de notre vaste empire ,
Le laboureur en paix cultive ses guérets ;
Grâce à la fermeté de votre main sévère ,
   La timide bergère
Peut paître ses agneaux dans nos vertes forêts.

Le commerçant, heureux de cette paix profonde ,
De notre continent jusques au Nouveau-Monde ,
Peut braver l'Océan et risquer ses trésors,
Sans que, dans le retour d'une lointaine rive,

Sa prudence craintive
Défende à ses vaisseaux de regagner nos ports.

Mais, du règne chéri de la paix renaissante,
Repoussez, Mac-Mahon, toute image sanglante,
Et formez dès ce jour un plan audacieux,
Pour que des révoltés la fureur criminelle,
    Qui pâlit et chancelle,
N'étende plus sur nous son joug impérieux.

Détruisez un fléau que l'Univers abhorre
De l'extrême Occident aux confins de l'aurore.
Par de sages arrêts, aussi prompts qu'étonnants,
De ce parti féroce et fécond en ruines,
    Jusque dans leurs racines,
Etouffez à jamais les progrès renaissants.

Sachez, ô Mac-Mahon, notre seule espérance,
Que loin de soutenir cette affreuse licence,
Qui blesse ses regards par d'odieux forfaits,
La grande nation, reconnaissante et brave,
    Aime le joug suave
De l'empire joyeux qu'imposent vos bienfaits.

RETOUR DE PIE IX A ROME [1]

(12 avril 1850).

——

ODE VI.

Oui, c'est toi, notre mère, aimable Providence,
Qui, de la félonie abattant l'insolence,
Ramènes le bonheur et le calme et la paix !
Gloire te soit rendue et que toute la terre,
Heureuse du succès de la plus sainte guerre,
  Célèbre tes bienfaits !

En vain l'impiété, d'une voix menaçante,
A Rome promettait sa victoire sanglante.
Peuple Romain, déjà pour briser ses fureurs,
Les bataillons des Francs, ministres de la foudre,
Paraissent, et soudain j'ai vu réduits en poudre
  Tes cruels oppresseurs.

Déjà du Christ vainqueur le Pontife suprême,
Cédant à son amour pour la cité qu'il aime,
Après deux ans passés sous un ciel étranger,
Retourne dans le sein de son illustre Empire,
Car vos cœurs, ô Romains ! à son cœur ont su dire
  Qu'il n'est plus de danger.

(1) Cette ode a été composée en juin 1850.

Il marche accompagné de ce monarque auguste,
Dont la foi consolant les épreuves du juste,
A par mille bienfaits embelli ses revers ;
Et par ces deux grands cœurs Terracine honorée,
Des éclatants transports dont elle est pénétrée,
      Réjouit l'univers.

Il va donc se briser cet amour dont Dieu même
A formé les liens. Dans sa douleur extrême,
Ferdinand sent les pleurs s'échapper de son sein :
Dans celui du Pontife, il répand sa grande âme :
« Je n'ai rien fait, dit-il, j'ai fait ce que réclame
      » Le devoir d'un chrétien ».

O Roi ! cette vertu d'un vrai fils de l'Eglise,
Que nous montre aujourd'hui ta piété soumise,
De l'Univers chrétien a comblé les souhaits ;
Si tes historiens veulent être sincères,
Ils devront mettre, au rang des hauts faits de tes pères,
      Tes immortels bienfaits.

Pontife, sur tes pas ton peuple entier s'empresse.
Chaque ville à ta vue, éprise d'allégresse,
Montre pour te fêter sa plus riche splendeur.
On bénit en tout lieu ta tendre bienveillance,
Et chacun dans l'élan de sa réjouissance,
      Proclame ta grandeur.

Rome ! vois s'avancer , en tête du cortége ,
Cette garde romaine , ornement du Saint-Siége ,
Qui du Pontife-Saint inspire le respect !
Vois des séditieux les hordes implacables ,
Apercevant des Francs les guerriers indomptables,
      Frémir à leur aspect !

Sur son char glorieux on voit soudain paraître ,
Rehaussant de ses traits la majesté du prêtre ,
Le Vicaire sacré du Fils de l'Eternel.
Voici donc ton Pontife , ô cité vénérable !
Rome ! vois ton Pasteur ! ô combien est aimable
      Son regard paternel !

Ah ! que Rome aujourd'hui, moins superbe et moins fière,
Regrettant ses beaux jours et sa gloire première,
Maudit des novateurs les projets forcenés !
Elle sent par ses maux , elle sent par son zèle,
Que son Pontife seul peut appeler sur elle
      Des jours plus fortunés.

Quelle douce union , Sainte Eglise Romaine ,
Parmi ceux qu'à tes pieds l'amour du ciel amène !
Qu'ils se trouvent heureux réunis dans ton sein !
Tous savent qu'en toi seule est le bonheur de l'homme,
Tous, par leurs sentiments, sont citoyens de Rome,
      Tout chrétien est Romain.

La voilà donc finie, ô magnanime France !
Cette œuvre qui devait, par ta noble vaillance,
Rétablir des croyants l'antique majesté.
C'est toi qui, conduisant cette guerre sacrée,
Assures par le fer l'éternelle durée
  De leur prospérité.

Fière de tes succès, inscris dans ton histoire,
De tes fils valeureux l'immortelle victoire,
Qui sauva les Romains, par la guerre épuisés.
Quand Dieu voulut venger son Eglise et son Prêtre,
France, tu fus toujours, lorsque tu voulus l'être,
  La terre des Croisés.

Oui, des Mazziniens la cohorte rebelle
Nourrit contre la France une haine éternelle,
Mais ce ressentiment pour nous est un honneur.
Et tant qu'ils oseront persécuter l'Eglise,
Toujours Rome verra, par nos bras reconquise,
  Revivre sa splendeur.

Pontife glorieux, sois en paix sur ton trône ;
De ses vaillants soldats la France t'environne.
Quel que soit l'ennemi qui menace ton sort,
Tu ne verras jamais s'affaiblir leur courage ;
Ces guerriers au combat ont toujours pour partage
  La victoire ou la mort.

MALHEUREUSE DESTINÉE D'UN ENFANT

ODE VII.

Voyez ces fières Pyrénées,
Au front noble et majestueux,
Et qui de neiges couronnées,
Cachent leurs cîmes dans les cieux,
Monuments des grandeurs divines
Où brillent des bois verdoyants,
Semés sur d'abruptes collines,
Pleines d'abîmes effrayants.

Là, dans une grotte profonde
Perdue au sein d'une forêt,
Où loin du tumulte du monde
Règne un mystérieux secret,
Gisent, sous des branches flétries,
Sans ordre, entassés sur le sol,
Or, cuivre, argent et pierreries,
Conquis par le meurtre et le vol

De cet antre ami du carnage,
Des brigands aux instincts pervers,
Jettent, par l'excès de leur rage,
L'effroi dans ces vastes déserts.
Partout où tombent des victimes
De leurs pillages clandestins,
Des échos sanglants de leurs crimes,
Tressaillent les hameaux voisins.

Garde-toi de tourner la tête,
Voyageur errant dans ces bois ;
La bande noire est toujours prête
A tenter de nouveaux exploits.
Bien loin de la grotte maudite
Evitant les sombres détours,
Cours et, dans une prompte fuite,
Cherche le salut de tes jours.

On dit que dans sa course agile,
Un enfant le fusil au bras,
Trop loin du paternel asile,
Vers la grotte égara ses pas.
Il venait du sein des campagnes,
A travers coteaux et vallons,
Chasser, sur ces vertes montagnes
L'isard et le daim vagabonds.

« Halte-là ! » dit le capitaine
Des bandits accourus vers lui,
« Puisqu'ici le hasard t'amène,
» Avec nous tous viens aujourd'hui.
» Viens, suis-nous de France en Espagne
» Par de mystérieux sentiers,
» Partage à travers la montagne
» Le gain de mes contrebandiers ».

Pierre obéit, et l'entreprise
Plusieurs fois parut réussir,
Et bientôt son adresse acquise
Du vol savoura le plaisir.
Plaçant une folle espérance
Dans la fraude et dans le larcin,
Il immola son innocence
A l'amour d'un infame gain.

En vain sa bonne et vieille mère,
Dont l'âme en secret soupirait,
Blâmait dans sa douleur amère,
Même l'or qu'il lui procurait.
Pierre expliquait cet or infâme,
Dont les appas l'avaient séduit,
En disant à la pauvre femme :
« C'est la chasse qui l'a produit ».

Cependant les cris et les larmes
De la veuve épuisaient le cœur,
Et des plus mortelles alarmes
Etaient un signe précurseur.
Les monstres du sombre repaire
Tramaient, dans un complot maudit,
La ruine du petit Pierre ;
Et son chef un beau jour lui dit :

« Pierre, d'un riche gentilhomme
» Ici le passage est prochain ;
» C'est notre conseil qui te nomme
» Pour le surprendre au grand chemin ;
» Sur lui cours, écumant de rage !
» Arrête ses fringants coursiers !
» A nous la mort et le pillage !
» L'or et l'argent sont nos lauriers.

» Quoi, tu pâlis ! A la vaillance
» En toi succède la terreur !
» Marche ! Déjà l'heure s'avance,
» Et, sous les coups de ta fureur,
» Si le voyageur ne succombe,
» Avec coursiers et postillon,
» Ici nous creuserons ta tombe,
» Pour prévenir ta trahison ».

Il dit ; et d'un riche équipage
La course résonne à grand bruit ,
Et dans le riant paysage
Un coup de foudre retentit.
Ah ! qu'as-tu fait , malheureux Pierre !
Déplore ton funeste sort ,
Sous ta décharge meurtrière ,
Le postillon est tombé mort.

O Satan ! ô monstre perfide !
Qui nous souffles tes noirs penchants ,
Pourquoi d'un horrible homicide
Souiller un enfant de quinze ans ?
Qui pleure devant sa victime ,
Délaissé par ses faux amis ,
Et brisé par l'excès d'un crime
Qu'en lui la peur seule a commis.

N'importe , l'enfant est coupable ,
Dit-on , il sera châtié ;
Sur lui pèse un crime exécrable ,
Qu'il soit par lui-même expié.
Malgré des qualités exquises ,
Victime de conseils pervers ,
Pierre , jugé par les Assises ,
S'en alla mourir dans les fers.

LE QUATRE AVRIL 1871

ODE VIII.

Ah ! quel sombre appareil ! que de cris et d'alarmes
De ton riant aspect ont troublé la gaîté !
Marseille , pourquoi donc le bruit confus des armes
Fait bouillonner les flots de ton peuple irrité ?
C'est l'affreuse Commune au crime accoutumée ,
Qui , poursuivant toujours son plan dévastateur ,
Par d'horribles projets, d'une foule enflammée
      Exploite la fureur.

De ses vils adhérents une cohorte impure,
Depuis plus de six mois d'un air audacieux ,
Dans l'élégant Hôtel de notre Préfecture ,
Etale nuit et jour un vice fastueux.
Le plaisir de leur table , en ivresse fertile ,
Contraste avec les pleurs de la patrie en deuil ,
Leur insolence oppose à la paix de la ville
      Un véritable écueil.

Aujourd'hui, Quatre Avril, l'Internationale
Et des esprits hautains, ardents à s'insurger,
Ont juré de concert la ruine fatale
De l'immense cité qu'ils veulent ravager.
Ils osent ne rêver que noires funérailles,
Que projets destructeurs, dont leurs cœurs sont épris,
Voulant substituer au drapeau de Versailles
   L'étendard de Paris.

Paris, leur a-t-on dit, Paris est le parjure,
Versaille est le pouvoir par la France nommé ;
De sa juste colère apaisez le murmure,
Ou vous allez périr sous l'airain enflammé.
Non, répondent les chefs de la tourbe insolente,
Il faut qu'en combattant ici nous mourions tous,
Ou que les derniers cris de la ville expirante
   Calment notre courroux.

Trois fois le général, qui commande l'armée,
Transmet aux révoltés des paroles de miel ;
Trois fois à ses discours leur oreille fermée
Refuse d'écouter son conseil paternel.
Prévenez, Dieu du ciel, notre souverain maître,
Le sang dont ils voudraient faire couler les flots ;
Puissions-nous voir encor périr avant de naître
   Le fruit de leurs complots !

O paix ! divine paix ! Quand la mitraille gronde,
Entre la guerre et toi nous discernons le prix :
Toi, tu rends notre ville en délices féconde,
La guerre n'a pour nous que du sang et des cris.
Ah ! ne détourne plus ton auguste visage,
Sauve-nous des horreurs d'un combat meurtrier.
Arbore sur nos murs, comme un heureux présage,
      Ton rameau d'olivier.

Mais que dis-je ? non, non, une aveugle furie
Arme des insurgés les sacriléges bras,
Le plaisir d'exciter les pleurs de la patrie
Fait sourire leurs cœurs aux horreurs du trépas.
De maintenir la paix l'espérance est perdue ;
Il faut sans plus tarder un acte de rigueur,
Qui force des méchants l'audace confondue
      A pleurer son erreur.

Debout ! jeunes soldats ! d'une horde insolente,
Qui, par l'oppression d'un pouvoir détesté,
Veut régner sur nous tous superbe et triomphante,
Détrônez en ce jour la folle cruauté.
Devant les insurgés que le devoir vous guide,
Disputez-vous contre eux l'honneur du premier rang.
Eteignez leur fureur barbare, parricide.
      Dans les flots de leur sang.

Debout ! ô Marseillais·! aux cris de vos familles ,
Contre le drapeau rouge armez-vous de fusils !
Vos richesses , vos biens , vos épouses , vos filles
Sont déjà menacés des plus affreux périls.
Debout ! élancez-vous sur ces hordes sanglantes ,
Secondez de l'armée un généreux effort ,
Contre ces insensés , sur les dalles brûlantes ,
     Faites voler la mort.

Voyez ! voyez ! Déjà leur rage se réveille
Par les premiers éclats du salpêtre en fureur ,
Qui , de la Préfecture , au centre de Marseille,
Au sein de nos foyers , nous glacent de terreur.
Marchez ! Serrez vos rangs ! Que la lutte s'engage
Contre les insurgés et leurs noirs attentats !
Et sachez imiter le merveilleux courage
     De nos vaillants soldats !

Ah ! quel spectacle affreux ! les colonnes rebelles ,
S'avançant d'un aspect de feux étincelant ;
Déciment nos soldats par des balles cruelles ,
Leurs corps sont entassés sur le pavé sanglant.
Alors pour foudroyer l'audace et la licence ,
Nos chasseurs , pénétrés d'un suprême transport ,
Promènent , dans les rangs de la plèbe en démence ,
     Le ravage et la mort.

Aux ordres d'Espivent, du flanc d'une colline,
Qui sépare au Midi Marseille de la mer,
Contre les révoltés, dont la rage s'obstine,
Le canon lance au loin et la flamme et le fer.
Bientôt des ennemis, moissonnés par la foudre,
Naguère contre nous s'agitant à grand bruit,
Et maintenant vaincus, brisés et mis en poudre,
      L'ardeur s'évanouit.

Dès lors l'affreuse plèbe, avide de carnage,
Aperçoit tous ses chefs s'enfuir épouvantés ;
Et voyant s'écrouler ses projets de pillage,
Quitte la Préfecture, à pas précipités.
Nos soldats, affligés de voir tant de victimes,
Et justement outrés des maux qu'ils ont soufferts,
Pour punir les auteurs de ces énormes crimes,
      Les jettent dans les fers.

Honneur à vous, guerriers, dont la noble conduite
A du parti de l'ordre assuré le succès !
Grâce à vous, l'ennemi captif ou mis en fuite
Ne peut plus se porter à de nouveaux excès.
En chassant de Marseille une horde sauvage,
Qui semait dans ses murs le trouble et la terreur,
Vous nous ramenez tous des horreurs du carnage
      Dans le sein du bonheur.

Et vous, digne Espivent, vous que la France admire
D'avoir soustrait Marseille et ses riches trésors,
Aux mains des forcenés dont l'infernal délire
Voulait anéantir son commerce et ses ports :
Comment récompenser votre mâle courage,
Invincible soutien de nos jours innocents ?
Suffit-il qu'on vous loue et qu'un stérile hommage
    Vous offre son encens ?

Non, non, ce que je veux, c'est une récompense
De la cité qui doit vous chérir sans retour,
Qui prouve à votre égard notre reconnaissance
Et nos purs sentiments de tendresse et d'amour.
Je veux, pour honorer votre zèle héroïque,
Pour en graver partout un souvenir profond,
Voir Marseille placer la couronne civique
    Sur votre auguste front.

Nimes. — Typ. Clavel-Ballivet, rue Pradier, 12.

ROME EN 1848 [1]

ODE I.

Entendez-vous ces cris de guerre et de vengeance ,
Que des esprits hautains , dans leur noire démence ,
Font retentir au loin au nom de liberté ?
Ils se sont proposé , dans leur folle entreprise ,
     De renverser l'Eglise
Et d'abolir partout les lois de l'équité.

Déjà leurs bataillons emportés par la rage ,
Inondant les cités de sang et de carnage ,
Portent de toutes parts la terreur et la mort.
Ils renversent le droit et la raison de l'homme ,
     Et l'immortelle Rome ,
Envahie à son tour , subit le même sort.

Comme un fleuve en courroux qui, du haut des collines,
Entraîne , impétueux , dans les terres voisines
Rochers , arbres , troupeaux par ses flots emportés ,
Ainsi des insurgés les lances meurtrières
     Ont forcé les barrières
Que le peuple opposait à leurs bras redoutés.

(1) Cette ode a été composée en décembre 1849.

A ces noirs attentats, sur tous les points du monde,
L'Eglise a tressailli d'une douleur profonde,
Qu'aggravaient les méchants par de nouveaux succès.
Comme lorsque le fer des hordes infernales
   Des Alains, des Vandales,
Révolta l'Univers par d'odieux excès.

Cessez, peuples Chrétiens, de répandre des larmes:
Ni l'injure des temps, ni la force des armes,
De l'Eglise du Christ n'abrègera les ans.
Qu'on vienne l'attaquer, que son pouvoir chancelle,
   Sa jeunesse éternelle
Conserve sa splendeur jusqu'à la fin des temps.

Le Dieu qui répandit son sang sur le Calvaire,
Et qui vient tous les jours, dans un sanglant mystère,
S'immoler pour nous tous sur nos sacrés autels,
Voulut que pour braver l'infernale furie,
   Son épouse chérie
Revêtît la vertu de ses traits immortels.

Aussi telle autrefois cette Eglise naissante,
Bravant sur le bûcher l'impiété régnante,
Provoquait des bourreaux l'inflexible rigueur;
Tel encore en ce jour son Pontife suprême,
   Dans un péril extrême,
Des ennemis de l'ordre a bravé la fureur.

En vain espéraient-ils, enflés de leur puissance,
Du Pontife du Christ ébranler la constance
Et le faire fléchir à leur inique loi.
Son âme est dans la paix, son cœur est sans alarmes,
      Et la force des armes
Ne lui fera jamais compromettre sa foi.

O père infortuné ! Quelle douleur extrême !
Ce peuple que tu sers, ces fils que ton cœur aime,
Est-ce ainsi qu'ils devaient répondre à tes bienfaits?
Hier ils semblaient en tout vouloir te satisfaire,
      Ils t'appelaient leur père,
Aujourd'hui vers toi seul ils dirigent leurs traits.

N'importe, il faudra fuir, c'est le Ciel qui l'ordonne.
Infortuné Pontife, abandonne ton trône,
Et sauve ainsi la foi des chrétiens tes enfants !
Et que le Ciel, ému de ton obéissance,
      Protége l'innocence,
Et confonde à jamais le désir des méchants !

Gloire te soit rendue, ô pasteur vénérable !
Au plus fort des revers toujours inébranlable,
Tu gardes de ton cœur la noble dignité.
L'Univers te connaît, et tes tristes années,
      Par le Ciel couronnées,
Recevront les honneurs de la postérité.

Et vous , soyez bénie, ô Vierge tutélaire ,
C'est pour vous qu'aujourd'hui ce magnanime Père,
En confessant la foi raffermit l'Univers.
Que l'ardeur des méchants, par votre bras soumise.
      Sache que votre Eglise
Peut braver en tout temps la fureur des enfers !

A LA FRANCE

(TROISIÈME ÉPOQUE).

ODE II.

Toi qui viens seconder les accords de ma lyre ,
Quand je chante des Francs la gloire et les revers,
Muse , en ce jour pour eux réveille mon délire ,
    Inspire encor mes vers.

Viens, évoque avec moi cette race guerrière
Qui dort dans les tombeaux que le temps a ternis.
Debout ! ombre des rois ! immortelle poussière !
    Mânes de Saint-Denis !

Debout ! Hugues Capet , resplendissante aurore ,
D'où jaillit sur la France un jour pur et vermeil.
Mon âme , à ton aspect, croit voir briller encore
    Notre premier soleil.

C'est toi qui, jeune encor, héros plein de vaillance,
Devenant du pays l'inébranlable appui ,
Assis sur les lambeaux de notre vieille France ,
    La France d'aujourd'hui.

C'est toi qui nous transmis ce trône héréditaire,
Qui pendant huit cents ans fit seul notre grandeur,
Qui fut toujours pour nous un flambeau tutélaire
    De gloire et de splendeur.

Debout ! morts immortels ! vous, âmes belliqueuses,
Princes chers à nos cœurs par vos brillants exploits,
Qui sûtes conquérir des palmes glorieuses,
    Dignes des plus grands rois.

Dites-nous quels désirs, quel génie héroïque
Elevèrent vos cœurs à de si hauts destins,
Par quels heureux transports l'allégresse publique
    Accueillait vos desseins ;

Lorsque, nobles vengeurs du drapeau de la France,
Dans les sanglants combats où vous fûtes vainqueurs,
Vous alliez foudroyer l'orgueilleuse insolence
    De vos fiers agresseurs ;

Lorsque rois généreux, en réformes fertiles,
D'où jaillit sur l'Europe un immortel éclat,
On vous vit hardiment des députés des villes
    Créer le Tiers-Etat ;

Lorsque enfin de la croix arborant la bannière,
Et dévouant au Christ un zèle conquérant,

Vous alliez de la France allumer le tonnerre,
    Sous le ciel d'Orient.

C'est devant vous aussi que l'Europe s'incline ,
Raymond, Baudoin, Robert, Hugues de Vermandoi ,
Vous qui , pour couronner roi de la Palestine,
    L'immortel Godefroy,

Dans vingt siéges divers brisant forts et murailles,
Seul espoir des Sultans et de leur dernier sort ,
Avez su disputer dans le feu des batailles
    La victoire à la mort ;

Et toi qui , pour entrer sur ce sol déicide,
Ce sol toujours souillé de nouveaux attentats ,
Voulus qu'en Orient ton armée intrépide
    Se pressât sur tes pas :

Louis Neuf , je te vois sur ces lointains rivages,
Humble dans tes succès , mais fier dans tes malheurs,
Oser faire pâlir par ton noble courage
    Tes ennemis vainqueurs.

Et vous tous , rois vaillants , mais trahis par vos armes,
Vos noms en survivant à la nuit du cercueil ,
Rappelleront toujours la grandeur dans les larmes,
    La gloire dans le deuil.

Quelle riche auréole embellit ta couronne ,
Quel magnanime élan, âme de Jean le Bon ,
D'avoir su préférer à la splendeur du trône
   La mort dans la prison !

Oui , tu voulais la France heureuse et florissante ,
Mais l'Anglais qui rêvait d'asservir ses Etats ,
Jura d'anéantir sa grandeur renaissante
   Par cent ans de combats.

Crécy , des chevaliers tu trahis la vaillance !
Poitiers , tu vis leur sang arroser tes sillons !
Azincourt , sous tes murs ont péri de la France
   Les derniers bataillons !

Apparais Jeanne d'Arc ! des bords de la Lorraine ,
Viens sauver ton pays ! Dieu combattra pour toi.
Viens à la cour de France, à Chinon, en Tourraine,
   Viens ! délivre ton roi !

Sur ton brillant coursier , vole , jeune héroïne !
Vole vers Orléans , notre dernier rempart !
Et du roi Charles Sept, sur ses murs en ruine ,
   Arbore l'étendard !

Recueille au champ d'honneur une moisson de gloire !
La flamme dans tes yeux , et le fer dans tes mains,

Conduis ton jeune roi de victoire en victoire
  D'Orléans jusqu'à Reims !

Que la France admirait ta valeur triomphante !
Lorsque tous les Anglais, dans la lutte engagés,
S'en allaient, poursuivis dans leur fuite sanglante,
  Confus, découragés.

France, à peine tes coups sur l'hostile Angleterre
Des provinces du Nord ont banni ses soldats,
Que déjà vers le Sud ton illustre bannière
  Semble guider tes pas.

Dites-nous, rois guerriers, Charles Huit, Louis Douze,
Dites comment vos cœurs, dans un sublime élan,
Surent revendiquer sur l'Europe jalouse
  Et Naples et Milan,

Lançant pour foudroyer la ligue italienne
Et ce jeune héros, l'ardent Gaston de Foix,
Qui fut jusqu'à sa mort dans les champs de Ravenne,
  Le vengeur de vos droits ;

Et ce vaillant Bayard, ce grand foudre de guerre,
La terreur de Fornoue et l'effroi d'Agnadel,
Dont vingt ans de combats ont laissé sur la terre
  Un renom immortel.

Et toi, roi chevalier, d'immortelle mémoire,
Va contre Charles-Quint et son fer agresseur,
Va défendre la France et son antique gloire
    Dans les champs de l'honneur !

Sinon par tes succès, du moins par ta vaillance,
Sauve au dehors l'éclat de nos vieux étendards !
Inaugure au dedans l'heureuse renaissance
    Des lettres et des arts !

France ! marche ! poursuis le cours de tes prodiges
Contre les Espagnols et brise enfin tes fers !
Par un dernier succès efface les vestiges
    De tes derniers revers !

Vienne murmure encor : France, va la combattre !
Fais gronder, sur le front du camp impérial,
L'orage, accumulé par la main d'Henri Quatre,
    Sur ton puissant rival !

Que Louis Treize, armé des foudres de son père,
Arborant ton drapeau, par Richelieu guidé,
Voie à Lens reculer cette Allemagne altière
    Sous le feu de Condé.

Viens, ô royal enfant ! que ton essor rapide
Et plus prompt que l'éclair épouvante les rois !

A leur ligue insensée oppose ton égide !
　　Fais respecter ta voix !

De tes premiers débuts que la magnificence
Pour ton peuple inaugure une ère de grandeur !
Toi, notre dernier astre, enfante pour la France
　　Un siècle de splendeur !

Et qu'elle voie enfin sa gloire rajeunie
Réunir, sous le feu de tes élans guerriers,
Le sceptre du pouvoir au sceptre du génie
　　Et les lis aux lauriers !

De ton palais, assis sur les bords de la Seine,
Vois fuir tes ennemis, vingt fois humiliés,
Vois l'Europe, jadis insolente et hautaine,
　　Prosternée à tes pieds ;

Et, par ton beau génie, obligée à se rendre,
Remettant en tes mains l'Alsace avec l'Artois,
Et la Franche-Comté, le Roussillon, la Flandre,
　　Au bruit de tes exploits.

Et vous, qu'un vert laurier rayonne sur vos têtes !
Turenne, Luxembourg, Vendôme, Catinat !
Qui fîtes triompher des brûlantes tempêtes
　　Les drapeaux de l'Etat ;

Quand, pendant soixante ans, athlètes implacables,
Semant partout la crainte et le trouble et l'horreur,
Seuls soutiens de la France, en lions indomptables,
    Vous vengiez son honneur ;

Quand, bravant l'Albion, l'empire Germanique,
Les Pays-Bas, l'Espagne, accourus contre vous,
Vous vîtes leur fureur injuste et tyrannique
    S'écrouler sous vos coups.

Vous, Racine, Corneille, en traits de vive flamme,
A mille faits divers par Louis illustrés
Prodiguez les accents qui ravissent notre âme
    Dans vos vers inspirés !

A vos accords touchants, célébrant sa mémoire,
Que l'admiration des peuples éblouis
Lègue aux siècles futurs le beau siècle de gloire
    Du plus grand des Louis !

LE LIS

ODE III.

O lis ! que la riante aurore
Humecte tous les jours de ses pleurs bienfaisants ,
Pourquoi , dès l'instant même où je te vis éclore ,
Es-tu dégoûté du printemps ?

Ah ! vois tes sœurs, les fleurs nouvelles ,
Quand du jour les oiseaux annoncent le réveil ,
Et que les papillons voltigent autour d'elles ,
Sourire aux rayons du soleil.

Sous ses feux s'ouvrent leurs calices ,
Le dahlia, l'œillet et la reine des fleurs ,
Des baisers des zéphirs savourant les délices ,
Se parent de riches couleurs.

Beau lis , mon amour , mon idole ,
Que j'aime à contempler dès l'aube du matin ,
Quel souffle empoisonné dessèche ta corolle ,
En te distillant son venin !

Ah ! je le sais , ta sœur , la rose ,
Qui de la vertu seule ornait les plus beaux jours ,
S'en va , dès qu'elle brille , en nos jardins éclose ,
Couronner d'impures amours.

Jadis dans notre vieille France ,
Royaume florissant , de l'Europe admiré ,
L'angélique pudeur, ce fard de l'innocence ,
Voyait son empire adoré.

Sous une tente de verdure ,
L'hymen de nos aïeux charmait tous les loisirs ;
Ils savaient triompher de cette flamme impure
Qui tyrannise nos désirs.

Mais les plaisirs , noire phalange ,
Chassent du cœur humain les plus heureux penchants ;
Comme un reptile immonde il croupit dans la fange
Des vices les plus dégradants.

Partout de criminelles flammes
Comme un vaste incendie embrasent l'Univers.
Et dès que la candeur a déserté les âmes ,
Le vice leur donne des fers.

De là les vengeances célestes ,
Pour punir des Français la luxure et l'orgueil ,

Leur prodiguent de Dieu les fléaux trop funestes,
La guerre, les pleurs et le deuil.

Tantôt des esprits indociles,
Poursuivant du pouvoir un changement nouveau ,
Raniment parmi nous des discordes civiles
Le noir et tragique flambeau.

Tantôt un gros nuage sombre
Qui s'élève du Sud ou du Septentrion ,
Vient menacer la France en couvrant de son ombre
Son pur et riant horizon.

France ! debout ! voici la guerre ,
Quel lugubre tableau dont ton cœur a gémi !
Un père pleure un fils , une sœur pleure un frère,
Un ami pleure un autre ami.

Ah ! dans nos paniques alarmes
Désirons-nous changer la tristesse en gaité !
Recherchons pour goûter ses ineffables charmes ,
Le bonheur dans la pureté ?

Du ciel invoquons la tendresse !
A notre âme il rendra sa première blancheur ,
Et sur nos fronts alors renaîtra l'allégresse
Avec la paix dans notre cœur.

Laissons les roses fugitives ,
Dont un seul jour détruit l'éphémère beauté ;
Et du modeste lis qui fleurit sur nos rives
Aimons le calice argenté.

Myrte , que le front des poètes
Ne resplendisse plus sous tes rameaux chéris !
L'ornement , qui convient à nos pompeuses fêtes
C'est la blancheur des fleurs de lis ,

Laurier , la main de la victoire
Nous prodiguait jadis ton feuillage enchanté ,
Que la France aujourd'hui rajeunisse sa gloire
Au soleil de la pureté !

Près des funèbres pyramides ,
Croissez ! ô noirs cyprès ! élevez vos rameaux !
Chêne ! mêle ta feuille aux forêts des Druides !
Verveine ombrage les tombeaux !

Laissez , dans nos plaines riantes ,
Se relever du lis le courage abattu !
Laissez briller sa fleur sur ses tiges naissantes !
C'est l'emblême de la vertu.

Beau lis ! ranime ton courage !
Dieu nous rappelle à lui par un regard d'amour :

Que ton rapide essor soit la vivante image
De notre glorieux retour !

L'éclat de tes jeunes rivales
Ne saurait à nos yeux éclipser ta beauté,
Lis ! symbole immortel des grâces virginales,
Nous aimons tous ta pureté.

———

SULTAN TUÉ PAR SON MAITRE

―――

ODE IV.

Dans un palais saxon du nord de l'Angleterre ,
Portant sur ses donjons un aspect de grandeur ,
Vivait une famille au noble caractère ,
Et riche de vertus , de fortune et d'honneur.
Elle avait trois enfants, pleins de force et de grâce :
Laurence et Paul jouaient , Jule était au berceau ;
Sultan gardait tout seul, du haut de la terrasse ,
      Les abords du château.

Sultan était un dogue à la haute stature ;
Dans son regard brillaient l'audace et la fierté ;
Son oreille, attentive au plus léger murmure ,
En faisait un gardien fidèle et redouté.
Dans la lutte , intrépide à défendre son maître ,
Il fut toujours vainqueur, terrible quelquefois ;
Quand parut au château pour troubler son bien-être
      Certain hôte des bois.

Entend-il le zéphir agiter le feuillage ,
Vers le bois le plus sombre il fixe son regard ;
Aperçoit-il de loin un animal sauvage ,
Au plus fort du péril il vole sans retard.

Enfin quelle que soit l'indigence insolente
Qui devance au château le lever du soleil,
De son maître endormi sa voix retentissante
    Excite le réveil.

Si de Laurence et Paul une course enfantine,
Au milieu des gazons, des bosquets verdoyants,
Recherchant d'un ruisseau la source cristalline,
Laisse trop loin du parc les contours ondoyants ;
Sur un seul mot, tombé des lèvres de son maître,
Volant vers les enfants, au sein des bois fleuris,
Sultan les reconduit de leur plaisir champêtre
    A leurs parents chéris.

Voyez, voyez là-bas cet énorme reptile,
Qu'un instinct vagabond a conduit dans ces lieux,
Et qui vers le castel vient chercher un asile,
Le sol a retenti sous ses plis écailleux.
Tout le monde est absent du manoir solitaire,
La nourrice elle-même a quitté le château
Pour aller s'égayer sur la verte fougère,
    Jule est seul au berceau.

Non, Jule n'est point seul, c'est Sultan qui le garde,
Couché tout éveillé près de l'enfant qui dort.
Si de le menacer le monstre se hasarde ;
L'indomptable Sultan saura braver la mort.

Attentif, il attend que du palais lui-même
Le serpent sanguinaire ose franchir le seuil.
Non, jamais le berceau de cet enfant qu'il aime.
Ne sera son cercueil.

Attiré vers l'enfant par son instinct sauvage,
Le reptile s'avance et sort son aiguillon.
Sultan vole sur lui plein d'un bouillant courage,
Et rougit de son sang les marbres du salon.
Le serpent orgueilleux d'avoir forcé l'entrée,
Contre Sultan bientôt se redresse en sifflant ;
Il s'élance, il meurtrit de sa langue acérée
Son ennemi sanglant.

La bataille devient atroce et meurtrière,
Pour chaque combattant qui lutte avec éclat.
Le monstre, culbuté par son rude adversaire,
Désespérant enfin de gagner le combat,
Fait un suprême effort ; Sultan, d'un bond agile,
Porte le dernier coup au féroce agresseur.
Le duel a fini par la mort du reptile,
Et Sultan est vainqueur.

Sultan !... il souffre, hélas ! mais de joie il tressaille.
O sort ! de son bonheur pourquoi briser le cours ?
Lorsque, au monstre livrant la sanglante bataille,
De l'enfant de son maître il a sauvé les jours.

Il s'est jeté lui-même , au fort de la tempête ,
Sous le dard vénimeux du terrible serpent ;
Pourquoi donc infliger à cette pauvre bête
    Un cruel châtiment ?

Le jour fuit. Au manoir on s'apprête à se rendre :
Hommes , femmes , enfants , maîtres et serviteurs ,
Tous arrivent. Bientôt des cris se font entendre
A l'aspect d'un salon plein de sang et d'horreurs.
Le père , homme effrayé , que la douleur opprime ,
Tremble en voyant Sultan , près de l'enfant laissé ,
Tout sanglant , ayant l'air de s'accuser d'un crime ,
    Le berceau renversé :

Dans les transports soudains d'une folle démence ,
Sultan ! Sultan ! dit-il, a tué mon enfant !
Et , sans autre examen , d'une prompte vengeance
Il veut lancer les traits sur son chien innocent.
Il va droit dans le parc , un fusil sur l'épaule ;
Et là , sans soupçonner l'erreur qui l'a trompé ,
Il vise , le coup part et la balle s'envole
    Et Sultan est frappé.

Tandis qu'il rentre pâle au sein de sa demeure ,
Des voisins , à ses cris accourus au château ,
Lui montrent , ô bonheur ! et son enfant qui pleure
Et le reptile mort que couvrait le berceau.

Alors tout se dévoile à son âme ravie :
« Ce monstre, se dit-il, menaçait mon enfant,
» Le fidèle Sultan a pu sauver sa vie
  » En tuant le serpent.

» Moi, j'ai frappé Sultan d'une balle cruelle,
» Ah ! s'il vivait encor, ô mon Dieu ! quel bonheur ! »
Il dit, et dans le parc où son cœur le rappelle
De son fils radieux il cherche le sauveur,
Croyant qu'il n'a reçu qu'une atteinte légère ;
Mais, hélas ! parvenu vers le haut du sentier,
Il retrouve Sultan, mort et gisant à terre
  Au pied d'un marronnier.

UN CRI DE METZ VERS LA FRANCE

ODE V.

O France ! ô ma mère adorée !
Toi que j'implore nuit et jour,
Sur Metz, sur ta fille éplorée,
Baisse tes yeux remplis d'amour.
Adoucis ce joug sanguinaire
Où loin de tes regards je meurs ;
Qu'un baiser de ma tendre mère
Sèche la source de mes pleurs !

Souvent, dans les charmes d'un rêve
Où je vois ta pure beauté,
Je crois que mon exil s'achève,
Qu'on m'a rendu ma liberté.
Mais bientôt la trompeuse ivresse,
Fait place à des regrets amers,
Quand de ma joie enchanteresse
Je me réveille dans les fers.

France, encourage ma vaillance
De ton regard auguste et saint,
Qui jadis arma ma vengeance
Contre un assaut de Charles-Quint.

Malgré la grandeur immortelle
De ce prince victorieux,
France, mon cœur resta fidèle
A la bannière d'Henri Deux.

Lorsque Brunswick forçant tes rives,
Tes yeux se mouillèrent de pleurs,
Et que tes frontières captives
Dans l'Est appelaient des vengeurs ;
Touchés des maux de la patrie,
Mes fils quittèrent leurs foyers,
Et bravant l'Europe en furie,
Ils partagèrent tes dangers.

Plus tard, quand ce foudre de guerre,
Pareil à l'immortel César,
Vint effrayer la terre entière
Et broyer les rois sous son char :
De l'Oural au golfe Arabique
Et de Moscou jusqu'à Memphis,
Sous le ciel brûlant de l'Afrique,
Je vis encor périr mes fils.

Enfin dans sa fureur hautaine,
Guillaume de sang altéré,
Osa sur l'Alsace-Lorraine
Etendre son joug abhorré.

Dès lors ton deuil et tes défaites
M'irritant contre le tyran,
Pour toi je bravai les tempêtes
De Reischoffen et de Sedan.

Bientôt le torrent germanique
Vint m'inonder de toute part.
Et, malgré ma lutte héroïque
Contre l'implacable Bismarck,
Je fus livrée à ce vampire
Dans une infâme trahison ;
France ! ma vie est un martyre,
Et la Lorraine est ma prison.

Oui, oui, tu le croiras à peine,
Pour qu'il sauvât ma liberté,
Je prodiguai tout à Bazaine :
Mon or, mon sang et ma fierté.
Oui, dans les pleurs coule ma vie,
Mais je puis dire avec bonheur,
Comme le vaincu de Pavie :
« Metz a tout perdu fors l'honneur. »

Délivre-moi, France, ma mère ;
De tes guerriers presse le pas ;
Moi, Metz, moi, ta fille si chère,
J'invoque l'appui de ton bras.

**

Avec toi la joie et les charmes
Orneront ce riant séjour,
Termine mes tristes alarmes
Par les bienfaits de ton amour.

Immortalise ta mémoire !
Faut-il un courage éclairé
Pour ressaisir de la victoire
Le char loin de nous égaré ?
Frappe les tombes glorieuses
De nos héros vaillants et forts,
Et que leurs âmes belliqueuses
Sortent de l'empire des morts !

Venez ! guerriers des rives sombres.
Guise, Fabert, Augereau ;
Sur vos coursiers, augustes ombres,
Marchez devant notre drapeau.
Tels qu'on voit, renversant les chênes,
Les indomptables aquilons,
Courez, volez, brisez les chaînes
Dont me meurtrissent les Teutons.

Toi-même, ô drapeau tricolore !
Drapeau par mon cœur adopté,
Que ta vengeance que j'implore
Me redonne la liberté !

Viens vite, ô ma seule espérance !
Par ton esssor victorieux,
Rends-moi, noble étendard de France.
L'héritage de mes aïeux !

PUISSANCE ET GRANDEUR DE DIEU

ODE VI.

Peuples, prosternez-vous ! d'un Dieu qui vous dispense
Ses grâces et ses dons , bénissez la puissance,
La tendresse, l'amour, la gloire , la splendeur.
En voyant, sur le monde et tout ce qui respire,
      Son adorable empire ,
Du monarque éternel proclamez la grandeur.

Aux traits révélateurs , gravés sur son ouvrage,
D'un pouvoir infini reconnaissez l'image.
Les œuvres qu'il produit pour le bien des humains ,
Jusqu'à la fin des temps , monuments de sa gloire,
      Transmettront la mémoire
De ce qu'ont fait de grand ses bienfaisantes mains.

Qu'il enfante le monde et le rende fertile ,
De son souffle divin qu'il anime l'argile .
Qu'il donne aux animaux la force ou la douceur ,
Tout dans ce livre ouvert, appelé la nature ,
      Arbres, fleurs et verdure ,
Annonce éloquemment la main de son auteur.

Fuyez ! disparaissez ! altières pyramides !
Vous, chefs-d'œuvre de l'art et de ses mains timides !
Orgueilleuses cités aux attraits fastueux !
Que sont vos monuments, vos beautés sans pareilles,
   Aux sublimes merveilles
Du Dieu terrible et grand de la terre et des cieux ?

Ouvrez enfin les yeux. Voyez ces mers profondes,
Les abîmes béants où s'agitent leurs ondes,
Où vivent des poissons et des monstres épars,
Sans que les flots amers, dont leurs geules sont pleines
   Compriment leurs haleines,
Sans que l'onde azurée offusque leurs regards.

Voyez ces Apennins, voyez ces Pyrénées,
Ces Alpes, par la neige en tout temps couronnées,
Qui, les pieds dans les eaux, la tête dans les cieux,
Par un terrible effet de leur majesté même,
   De la grandeur suprême
Inspirent à nos cœurs l'effroi respectueux.

Voyez ces vents affreux qui sifflent sur vos têtes,
Sinistres précurseurs des brûlantes tempêtes,
Comme ils montrent de Dieu la suprême beauté ;
Cet éclair qui jaillit, ce tonnerre qui gronde,
   Et semble sur le monde
Entraîner tout le poids de son bras irrité.

Voyez les noirs volcans. Aux bords de leurs cratères,
Voyez ces tourbillons de flammes meurtrières ,
Qu'un courroux indompté précipite dans l'air.
Dieu lui-même a voulu , de ces gorges profondes ,
      Faire éclater les ondes
Des soufres embrasés où bouillonne l'enfer.

Ah ! il me semble voir ces montagnes béantes ,
Le Vésuve , l'Etna, sous leurs laves brûlantes ,
Ensevelir maisons , tours , portiques , palais ;
Dans ces malheurs soudains : arts , fortune , courage ,
      Beauté , fraîcheur , jeune âge ,
Tout disparaît, tout meurt , tout périt à jamais.

O débris des cités par le feu consumées !
Et vous mers en courroux ! tempêtes enflammées !
L'effroi que votre aspect en nous-mêmes répand ,
En éclairant nos cœurs comme un trait de lumière ,
      Prouve à la terre entière ,
Que Dieu seul la régit et que Dieu seul est grand.

Que ce Dieu donne aux rois leurs brillantes couronnes ,
Ou bien qu'il les châtie en renversant leurs trônes ,
Il leur apprend à tous qu'il les tient sous sa main.
Tour à tour élevant et brisant leur puissance,
      Sa bonté , sa vengeance ,
Prouvent qu'il a sur eux un pouvoir souverain.

Mortels, ce roi des rois au triple diadème,
Est le Dieu dont jadis la puissance suprême
Ouvrit pour les Hébreux les vagues de la mer.
Comme au jeune David elle donna l'adresse,
      A son fils la sagesse,
L'héroïsme aux Judith et la grâce aux Esther.

Au sommet du Sina qu'il nous montre sa gloire.
Aux enfants d'Israël qu'il donne la victoire,
Qu'il naisse dans la crèche ou meure sur la croix,
Il est toujours le Dieu qui chérit, qui pardonne,
      Qui punit et qui tonne;
De sa grandeur toujours nous distinguons la voix.

Qu'il orne d'agréments un riant paysage,
Qu'il inspire aux oiseaux un suave langage
Pour annoncer le jour dès l'aube du matin.
De la nuit dans le ciel qu'il étende les voiles,
      Monde, soleil, étoiles,
Tout paraît à nos yeux un jouet de sa main.

La serre du vautour, le nid de l'hirondelle,
Dévoile à nos regards sa sagesse éternelle;
La douceur de l'agneau, la rage du lion,
Les villes des fourmis, les palais des abeilles,
      Ravissantes merveilles,
Nous font découvrir Dieu dans la création.

Nous voyons, sous sa main, refleurir les campagnes ;
Les chênes, les sapins couronner les montagnes ;
La terre se parer des richesses des cieux.
Par la fertilité, que le printemps ramène,
      Sa bonté souveraine
Prodigue à tout pays des biens délicieux.

Oui, c'est Dieu qui produit, dans sa magnificence,
Les moissons en Russie et les pampres en France,
Dans les Indes la soie, en Chine les saphirs ;
Et les verts orangers de la belle Italie,
      Et l'or de l'Australie,
De ses dons paternels sont d'heureux souvenirs.

Il sema ses splendeurs sur le sol Helvétique,
Les fleurs dans la Hollande et les bois en Belgique.
L'Espagne eut ses taureaux, le Pérou ses condors ;
Le plus affreux climat, la plus pauvre contrée,
      De sa main adorée,
A reçu ses produits, ses beautés, ses trésors.

Mortels, en admirant l'élégante parure
Dont orna l'univers le Dieu de la nature,
Sachez dans votre cœur plein de crainte et d'effroi,
Que l'éclat qui jaillit du céleste royaume,
      Sous les regards de l'homme,
N'est qu'un pâle reflet des splendeurs du grand roi.

Et vous, Père éternel, vous, l'auteur de nos âmes,
Faites luire un rayon de vos divines flammes
Sur les peuples perdus dans ce vaste univers.
Que vos dons gracieux, que vos bienfaits célèbres
      Dissipent les ténèbres
Du vice et de l'erreur dont leurs yeux sont couverts !

LA FRANCE A SES ENFANTS

(QUATRIÈME ÉPOQUE).

ODE VII.

Me voici, chers enfants, moi, votre tendre mère,
Moi, la France, je viens vous parler en ce jour;
Espérant de vos cœurs adoucir la colère
  Par un baiser d'amour.

Sous vos nobles aïeux, une heureuse affluence
De luttes, de périls, de gloire, de splendeurs,
Malgré l'Europe hostile, élevèrent la France
  Au faîte des grandeurs.

Tous mes rivaux, battus par mes puissantes armes
De ma riche industrie empruntant les bienfaits,
Partageaient avec moi le bonheur et les charmes
  Que procure la paix.

L'Angleterre! enviant mon vaste territoire,
D'où l'expulsa jadis la guerre de cent ans;
De m'arracher encor les lauriers de la gloire,
  Dans des combats sanglants,

Elle nourrit longtemps une espérance folle;
Mais je la contraignis, par ma bouillante ardeur,

Malgré le noir dépit de son orgueil frivole ,
    D'admirer ma valeur ;

L'Allemagne ! vingt fois dans la lutte entraînée
Par l'Anglais, qu'effrayaient mes rapides progrès ,
S'opposa , pour briser ma haute destinée ,
    Au cours de mes succès ;

Mais elle vit crouler la vaine résistance
De ses soldats vaincus et noyés dans leur sang ,
Et ne put s'empêcher d'accorder à la France
    L'honneur du premier rang.

L'Espagne ! après avoir , par de sanglantes guerres
Abaissé la fierté du plus grand de ses rois ,
De son cercle de fer j'affranchis mes frontières ,
    Et lui dictai des lois.

Puis j'unis à son sang ma royale famille ,
Le trône de Madrid reçut un roi français ;
L'Espagne, dès ce jour , en devenant ma fille ,
    Me chérit à jamais.

L'Italie ! en voyant dans les orages sombres ,
Qui pendant trois cents ans ont grondé dans son sein,
La mort planer sur elle et noircir de ses ombres
    Son horizon serein ;

Elle a dû supporter ces luttes acharnées ,
Et tressaillir d'effroi sous le bruit des canons ;

Mais du jour où le ciel plaça ses destinées
  Sous la main des Bourbons .

Elle se releva sous leur douce influence .
Et sa prospérité croissant de jour en jour .
Elle imita l'Espagne et conçut pour la France
  Un filial amour.

Je régnais en un mot , auguste souveraine ,
Sur plusieurs , par l'amour qu'ils ressentaient pour moi,
Et sur ceux que rongeait une impuissante haine .
  Par la crainte et l'effroi.

Mes vaisseaux en tout sens sillonnaient l'Atlantique ;
Washington et Pékin m'envoyaient leurs trésors.
Les perles de Ceylan et du golfe Persique
  Affluaient sur mes bords.

Mille artistes fameux , par de savantes veilles ,
Pour me plaire , animant toiles , marbres , métaux,
Décoraient à l'envi d'éclatantes merveilles
  Mes splendides châteaux.

J'avais le superflu d'une fortune immense
Pour promener ma cour du Louvre à Chantilly ,
Et , pour fêter les rois avec magnificence ,
  Vaux , Versaille et Marly.

Enfin partout d'amour , de gloire environnée ,
Exerçant sur l'Europe un attrait séducteur ,

Aux yeux de l'Univers de palmes couronnée ,
    J'étalai ma splendeur.

Tout à coup , ô malheur ! Des cris d'indépendance ,
De Paris en délire excitant les transports ,
Soulèvent dans ses murs l'orage qui commence
    Les sanglants désaccords.

Ces désaccords bientôt enfantent un carnage
D'honnêtes citoyens qui n'osaient se venger ,
Que des tigres cruels , tout écumants de rage ,
    Ne cessaient d'égorger.

Partout coulait le sang , et moi , la noble France ,
Je me mourais de voir mourir tant d'innocents .
Et chacun de mes traits reflétait la souffrance
    De mes propres enfants.

Mais que pouvait , hélas ! mon pouvoir éphémère ,
Par le vent des revers constamment agité ,
Imbécile , sanglant , marqué du caractère
    De l'instabilité ?

Tous mes gouvernements disparaissent sans gloire ,
Brisés par les écueils , sans arriver au port ;
Tous , Roi , Convention , Consulat , Directoire ,
    Eurent le même sort.

Et depuis , des complots ténébreux , implacables ,
Fruit des rivalités qui font mon désespoir ,

N'ont cessé d'ébranler par des actes coupables
　　Les bases du pouvoir.

L'aigle, les fleurs de lis, le drapeau tricolore,
La République aussi s'écroulant sous vos coups,
Chaque fois l'anarchie, avorton que j'abhorre
　　Reparaît parmi vous,

Et dresse contre moi sa tête menaçante,
Me poursuivant des traits d'une injuste fureur,
Et promène partout son audace sanglante
　　En me glaçant d'horreur.

Mes ports sont désertés, mes foyers d'industrie
Ne retentissent plus sous le bruit des marteaux ;
Mes fils joignent leurs pleurs aux pleurs de la patrie,
　　Et souffrent de ses maux.

Alors par le courant du torrent populaire,
Le bonheur national est encore englouti ;
Arts, commerce, travaux, richesse mobilière,
　　Tout est anéanti.

Ah ! en voyant pâlir ma guirlande flétrie
Et périr sous les coups d'un nouvel attentat,
Dans les flots bouillonnants d'une plèbe en furie,
　　Le vaisseau de l'Etat,

Les peuples fatigués de ma vie insensée,
Dont ils ressentent tous l'ébranlement profond,

Insultent chaque fois la France renversée
    Par ce sanglant affront :

« Mort à la France en proie aux luttes intestines.
» Léguons à nos enfants l'horreur du nom français
» Qui compromet toujours des nations voisines
    » Le bonheur et la paix. »

Et moi, déjà troublée, effrayée en moi-même
Par le retour hideux de vos scènes d'horreur,
Et de voir contre moi des fils que mon cœur aime
    Déchaîner leur fureur,

J'ai de plus le regret, dans mon âme navrée,
D'être pour mes voisins un éternel effroi,
Et d'exciter toujours l'Europe conjurée
    A s'abattre sur moi.

Ah ! calmez, mes enfants, ces noirs transports de haine
Qui, dans tous vos débats, renaissent aujourd'hui,
Qui retenant toujours votre mère à la chaîne,
    La font mourir d'ennui.

Qu'aucun sombre tableau dont rougirait l'histoire,
Ne blesse jamais plus mes regards maternels !
Cherchez tous à me plaire, et, dans votre mémoire,
    Dressez-moi des autels.

Refleurissant alors, à ma gloire rendue,
De l'éclat dont brillaient mes attraits enchanteurs,

Vous verrez sur mon front cette gaîté perdue
    Par mes longues douleurs :

Et je redeviendrai cette France adorée
Des peuples envieux de ma félicité,
Qui, me voyant encor par les grâces parée,
    Chériront ma beauté.

Mais pour rendre à mes traits cette fraîcheur nouvelle,
Conformez vos désirs aux désirs de mon cœur,
Qu'une heureuse union où l'amour étincelle
    Fasse votre bonheur !

Surtout en vénérant l'autorité suprême,
Témoignez tout l'amour que vous avez pour moi,
Prouvez que vous aimez la patrie elle-même,
    En respectant sa loi.

Plus d'esprit de parti, plus d'ardente colère !
D'aucun de mes regards ne soyez plus jaloux,
Tous, vous êtes mes fils, de tous je suis la mère
    Et je vous aime tous.

Nimes. — Typ. Clavel-Ballivet, rue Pradier, 12.

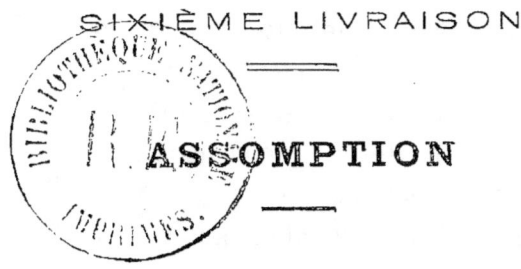L'ASSOMPTION

ODE I.

Le Ciel, heureux séjour des splendeurs immortelles.
Vient d'ouvrir tout brillant ses portes éternelles.
Et les Anges, venus sur l'horizon en feu
Et de l'Enfer jaloux confondant la furie.
  Ont élevé Marie
Au sein de l'infini près du trône de Dieu.

Tous les Saints prenaient part à la joyeuse fête.
Sous la rose et le lis qui couronnaient sa tête.
De la Vierge brillait le visage vermeil ;
Ses mains pures portaient les palmes du martyre ;
  Son céleste sourire
Etait cent fois plus beau que l'éclat du soleil.

Dans son sublime élan quelle clarté brillante
Répandait dans l'azur sa face éblouissante !
Les astres, pâlissant sous ses traits radieux.
Semblaient ne plus vouloir poursuivre leur carrière ;
  Ils formaient la poussière
Que la Vierge foulait sous ses pieds glorieux.

Comme son cœur exempt des atteintes du vice
Autrefois a chéri le bien et la justice ;
Avec elle aujourd'hui de toutes les vertus ,
Humilité , pudeur , modestie , innocence ,
   Le cortége s'élance
Accompagnant au ciel la reine des élus.

Et les Anges en chœur , sous la voûte éthérée ,
Chantaient : « Honneur et gloire à la Vierge sacrée ,
» Qui porta notre Dieu dans son sein virginal ,
» Et qui jusqu'à sa mort vertueuse , innocente ,
   » Demeura triomphante
» De l'impuissant courroux du dragon infernal.

» Vous vous faisiez petite et plus basse que l'herbe ,
» Montez , montez bien haut. Près du trône du Verbe
» Qui dans votre corps même a pris un corps mortel ,
» Allez à tout jamais fixer votre demeure.
   » Là , le Ciel , à toute heure ,
» Contemple , prosterné , le fils de l'Eternel.

» Au printemps de vos ans , votre vertu sévère
» Vous valut du Seigneur de devenir la mère ;
» Vous fûtes sous la croix la mère des humains ;
» En ceignant dans le ciel l'immortelle couronne ,
   » Où la gloire rayonne ,
» Soyez mère à la fois des Anges et des Saints. »

Tel était le concert d'amour et de louanges
Qu'entonnaient à l'envi les augustes phalanges,
Se prosternant autour de la reine du Ciel ;
Et qu'un écho plus prompt que la foudre en furie,
     En l'honneur de Marie,
Portait, dans l'infini, jusqu'au Verbe éternel.

Peuples, applaudissez ! Par des champs de victoire
De Marie exaltez le triomphe et la gloire,
Tandis qu'elle s'en va, dans un monde nouveau,
Recevoir, de la main du Dieu de l'innocence,
     Sa noble récompense,
Sans que son corps ait vu les horreurs du tombeau.

Bethléem, qui jadis vis cette tendre mère,
Sans parents, sans amis, sans soutien sur la terre,
Au milieu des Hébreux aveuglés par l'erreur,
Par la grâce de Dieu Vierge pure et féconde,
     Pour racheter le monde,
Entre deux animaux enfanter le Sauveur ;

Marie en ce beau jour, sublime, triomphante,
S'est élancée au sein d'une gloire éclatante ;
Consacre à la bénir ton cœur et tes concerts,
Exprime tes transports d'amour et de tendresse,
     De joie et d'allégresse,
Et du bruit de son nom fais retentir les airs.

Toi, Nazareth, témoin de cette gloire obscure
Que conquit dans ton sein cette vierge si pure,
Toi, qui la vis trente ans prodiguer à son fils
Tous les soins que l'amour pouvait attendre d'elle,
     Sa douceur maternelle
Et ses transports brûlants et ses baisers chéris ;

Marie a triomphé ; sur les ailes des Anges
Elle est montée au ciel ; célèbre ses louanges,
Fais retentir au loin les chants mélodieux
Que t'inspire en ce jour cette Vierge chérie ;
     Pour honorer Marie,
Unis ta voix aux chœurs des esprits bienheureux.

Tressaille de plaisir, mont sacré du Calvaire,
Tu vis jadis le cœur de cette auguste mère
Percé devant la croix d'un glaive de douleur,
Regarde maintenant cette Vierge martyre,
     Vers le céleste empire,
S'élever dans le sein de l'éternel bonheur.

Seule, elle fut choisie entre toutes les femmes
A partager alors le salut de nos âmes
Avec son fils mourant sous les yeux d'Israël ;
Seule, elle est en ce jour d'immortelle mémoire,
     Dans le sein de la gloire,
La reine de la terre et la reine du ciel.

PRIÈRE DE PIE IX

ODE II.

O Dieu, qui d'une main puissante et glorieuse,
Sur les flots courroucés d'une mer orageuse,
De l'Eglise régis le vaisseau triomphant ;
De ton premier Pontife, ô doux et tendre Père,
  Exauce la prière,
Et confonds de l'Enfer le délire enivrant.

Les peuples se sont dit, à tes lois infidèles :
Contre le Dieu du Ciel nous vivrons tous rebelles ;
Et dédaignant ta grâce et sa puissante voix,
Adorant des plaisirs les trompeuses idoles,
  Leurs cœurs vains et frivoles
N'ont offert leur encens qu'à des Dieux de leur choix.

Que dis-je ? Sous tes yeux et dans chaque contrée,
De ta divinité, par l'Eglise adorée,
On ose discuter les principes chéris ;
Superbes, insolents contre le ciel lui-même,
  L'orgueil et le blasphème
De toute autorité propagent le mépris.

Mépris du Dieu Très-Haut, roi du ciel et du monde !
Ton pouvoir infini, ta sagesse profonde
Avec un saint effroi de ton peuple admirés,
Remplissaient autrefois d'une joie enivrante,
   D'une foi vigilante,
Tous ceux qui fréquentaient tes temples vénérés.

Mais de nos jours, hélas ! le luxe, le mensonge,
Et les plaisirs honteux où l'Univers se plonge,
Par l'ange séducteur propagés en tout lieu,
Comme un vent entraînant des barques vagabondes,
   Dans l'abîme des ondes,
Précipitent les cœurs dans la haine de Dieu.

Mépris des royautés qui gouvernent la terre !
Leurs titres éclatants, leur sceptre héréditaire
Que tes préceptes saints nous ont rendus sacrés,
Devraient, des froids climats aux plus brûlantes plages,
   Exciter les hommages
De respect et d'amour, de ton cœur désirés ;

Mais ils sont insultés par l'Europe en délire,
Qui de l'autorité veut rejeter l'empire,
Qui passant du respect, qu'elle avait pour les lois,
A la rébellion, de tout joug affranchie,
   Elève l'anarchie
Sur les débris épars des couronnes des rois.

Mépris des égards dus à la loi paternelle !
Jadis en traits de feu ta puissance éternelle
Dans l'homme l'inscrivit comme une loi d'amour,
En ordonnant qu'un fils, dès sa tendre jeunesse,
     Et jusqu'à sa vieillesse,
Vénérât les parents dont il reçut le jour.

Mais tels sont les écueils où l'Europe se brise,
Que malgré les décrets, fulminés par l'Eglise,
Malgré son zèle actif, ses combats incessants,
Les ravages affreux, qu'une infernale guerre
     Propage sur la terre,
Ont expulsé l'amour de l'âme des enfants.

Enfin mépris du ciel, de ta divine grâce,
De ses avis secrets, des chemins qu'elle trace
Aux humains pour entrer au céleste sejour !
Mépris des purs rayons du soleil de justice,
     Que le souffle du vice,
Dans presque tous les cœurs, a voilés sans retour !

Tel est l'affreux état des peuples de la terre
De chercher dans la vie un bonheur éphémère.
Tels sont les noirs penchants, les plaisirs sensuels
Des hommes qui, suivant les instincts de la brute,
     Roulent de chute en chute,
Dès qu'ils veulent cesser d'honorer tes autels.

Sous le choc foudroyant et du ciel et de l'onde,
Déjà n'eût-il pas dû s'ensevelir le monde,
Engloutissant avec leurs forfaits inouïs,
Tous les hommes nageant dans cette folle joie,
  Où leur âme se noie,
Par l'abus de tes biens dont ils sont éblouis ?

Mais que dis-je ? non, non, Seigneur, Dieu de clémence !
Ne fais point contre l'homme éclater ta puissance,
Force-le par l'amour à pratiquer ta loi ;
Et daigne l'amener, fragile créature,
  A pleurer son injure,
Par le pardon si grand et si digne de toi.

Oui, l'abus criminel des plaisirs, des richesses,
En irritant, Seigneur, tes fureurs vengeresses,
Attire dès longtemps tout le poids de ton bras.
Oui, de ton divin cœur la colère est extrême,
  Contre un monde anathème,
Qui des sentiers du mal vers toi ne revient pas.

Mais, mon Dieu, fais sentir à ma voix qui te prie,
Au pécheur aveuglé ta tendresse chérie :
Que son cœur, dégoûté d'un bonheur passager,
Comprenne qu'il se creuse un précipice immense,
  En bravant ta puissance,
Contre laquelle rien ne peut la protéger.

Qu'un élan généreux de ta bonté suprême,
Dans tous les continents, sur les peuples qu'elle aime,
De ton divin amour répande les trésors !
Et que tous les humains que ton soleil éclaire,
      Guidés par ta bannière,
Vers ton beau Paradis dirigent leurs efforts !

Donne la foi chrétienne à l'infidèle Afrique,
Et la persévérance à la jeune Amérique.
Des bords de la Mer Rouge aux rives du Japon,
Que le peuple Persan, l'Indoustan et la Chine,
      De ta grandeur divine
Reçoivent tour à tour les grâces du pardon !

Daigne arrêter les flots du sang de l'Ibérie,
Que les cruels excès d'une noire furie
Livrent depuis deux ans aux horreurs des combats.
Daigne émouvoir le cœur de la Grande-Bretagne ;
      De l'aveugle Allemagne
Errant loin du bercail, daigne éclairer les pas.

Aux piéges de Satan arrache l'Helvétie ;
Et répands la lumière au sein de la Russie ;
Qu'elle pleure l'erreur d'un schisme détesté,
Du sommet des Ourals au golfe de Finlande !
      Aux yeux de la Hollande,
Fais briller un rayon de ta pure clarté.

Des sanglants désaccords daigne guérir la France ,
Dont les fils à ton nom dévouaient leur vaillance ,
Et qui dans l'anarchie énervent leur vigueur.
A l'amour fraternel que ta voix les rappelle !
    Qu'une paix éternelle
Amène le réveil de leur vieille splendeur !

Veille du haut des Cieux au sort de l'Italie ;
Que ta grâce l'éclaire et la réconcilie
Avec ses souverains d'ostracisme frappés !
A l'Eglise rendant son florissant royaume ,
    Qu'elle abandonne Rome
Et les divers pays par ses mains usurpés !

Remplis le monde entier de tes bienfaits célèbres ;
Ici , du vice impur dissipe les ténèbres ;
Là , guide vers le bien les pas des innocents ;
Partout , aux cris plaintifs de l'Eglise en détresse ,
    Que ta haute sagesse
Raffermisse la foi des chrétiens chancelants !

Si pour fléchir ton cœur il faut une victime
Qui rende à l'univers ton amitié sublime,
S'il faut un holocauste à ton divin courroux ,
Daigne épargner , Seigneur , les peuples de la terre ,
    Déchaîne ta colère
Sur ton Pontife seul qui se livre à tes coups.

UN OURAGAN

ODE III.

Dans un riant vallon de l'est de la Belgique ,
Où le cours de la Sambre arrose le Brabant ,
Vivait , sous l'humble toit d'une chaumière antique
Et dans l'activité d'un travail incessant ,
Une femme énergique , une honnête bergère
Que le Ciel , jeune encore , abreuva de douleur ,
Sans qu'on ait vu fléchir son noble caractère
   Sous le poids du malheur.

Seule , avec quatre enfants , qui formaient sa famille ,
Elle passait ses jours à paître son troupeau ,
A diriger sa ferme ; et son unique fille ,
Laure , de ses soucis , partageait le fardeau.
Non , en elle jamais l'ivresse du jeune âge
Loin du toit paternel ne chercha les plaisirs ;
Mais le travail champêtre et les soins du ménage
   Absorbaient ses loisirs.

La veuve un jour porta , dans la cité voisine ,
Malgré le sombre aspect d'un horizon brumeux,
Sur un coursier paisible et sous sa manteline ,
Avec des fruits exquis , un lait délicieux.

Bergère au cœur loyal, d'une grâce admirée,
Elle vit ses produits, à la vente étalés,
Et les plus renommés de toute la contrée,
    Promptement écoulés.

Son travail achevé, cette femme intrépide
Des flots tumultueux languissait de sortir ;
Elle donne ses soins à son coursier rapide,
Prend son frugal repas et s'apprête à partir.
Mais, hélas ! elle a vu, sous la céleste voûte,
D'un ouragan prochain le signe inquiétant,
Et de la ferme à peine elle reprend la route
    Qu'il devient menaçant.

De gros nuages noirs, dans la sombre atmosphère,
Semblent dès son départ accompagner ses pas ;
Déjà la neige tombe, et recouvre la terre
De blancs flocons bientôt transformés en verglas.
Sur l'horizon la nuit vient étendre ses voiles,
La veuve n'entend plus, dans ce désert affreux,
Au milieu des ravins, sous un ciel sans étoiles,
    Qu'un vent impétueux.

N'osant se confier au pas de sa monture,
Qui ne distingue plus ni route ni sentier,
La bergère, craintive en cette nuit obscure,
S'élance prudemment du haut de son coursier ;

Mais l'animal d'abord tout étonné s'arrête ,
Puis bondit furieux , s'arrachant à sa main ,
En voyant un tilleul , jeté par la tempête
     Au travers du chemin.

En vain veut-elle alors poursuivre sur la neige
L'élan désordonné de l'animal fougueux ,
Une course pénible et le froid qui l'assiége
Brisent tout mouvement dans ses pas ténébreux.
Mourante et ne trouvant au milieu des collines
Aucun bras généreux qui pût la secourir.
Sous un buisson formant une voûte d'épines ,
     Elle vient se blottir.

Sur l'humide gazon la fermière immobile ,
Ne saurait invoquer le zèle des passants ;
Un air vif, meurtrier , saisit son corps débile ,
Paralyse déjà l'usage de ses sens.
Quand de ce lit de glace elle veut , éveillée ,
Se dégager du froid qui resserre son cœur,
Sur ses jupons gelés , la neige amoncelée
     Comprime son ardeur.

Dans l'affreux désespoir qui déchire son âme,
Elevant par instinct son regard vers le ciel ,
« Mon Dieu ! » s'écrie enfin la vertueuse femme,
« Soyez sensible aux cris de l'amour maternel.

» Je meurs , je vous remets ma famille orpheline ,
» Ne l'abandonnez pas dans son malheureux sort. »
Elle dit , et baissant les yeux sur la poitrine ,
     Elle attendit la mort.

Tel est dans la forêt le sort de la fermière ,
Tel et plus triste encore est celui de ses fils ,
S'alarmant au hameau de ne point voir leur mère
Les faire tressaillir sous ses baisers chéris.
Des trois jeunes garçons le plus petit lui-même ,
Tendre enfant qui n'a pas encor vu cinq hivers ,
Exhale sa douleur pour sa mère qu'il aime ,
     Par des soupirs amers.

« Non , non , je n'attends plus , leur dit Laure attendrie,
» Votre noire douleur commence à m'affliger ,
» L'ouragan dans les airs déchaîne sa furie,
» C'est un devoir pour moi d'affronter le danger ».
Et pour sauver sa mère , abandonnant ses frères,
Qui l'ont tous embrassée une dernière fois ,
Par ses voisins guidée et bravant les fondrières,
     Elle entre dans le bois,

Que traversait sa mère au retour de la ville ;
Le sillonne en tous sens , cédant à son attrait
De voir et de scruter , dans son essor agile ,
Chaque point isolé de la vaste forêt.

Quoiqu'elle soit partout dans son esprit trompée,
Elle explore toujours et rocher et buisson,
Elle vole parfois d'une côte escarpée
    Aux gorges d'un vallon.

Parfois sortent ces cris de son âme attendric
Dont résonnent au loin les échos d'alentour :
« Dans le cœur de vos fils, ô ma mère chérie !
» Ramenez le bonheur par votre prompt retour.
» Ah ! venez rassurer votre jeune famille
» Qui se meurt au hameau de tristesse et d'effroi ;
» Montrez-vous et parlez à Laure, votre fille,
    » Mère, répondez-moi ! »

» Rendez, sombres vallons, solitaires collines,
» Une mère à ses fils jeunes et malheureux,
» Juste ciel ! que les vents, la neige, les ravines
» Respectent une femme égarée en ces lieux !
» D'une pauvre bergère éloigne ta colère,
» Ouragan ! brise-moi sous tes coups menaçants,
» Mais ne désole point, par la mort d'une mère,
    » Ses enfants innocents. »

O cruel désespoir ! la forêt explorée ;
Rien ne répond encor à ses yeux, à sa voix,
Qui rassure son cœur ; Laure désespérée
Sort avec ses amis des profondeurs des bois ;

Mais le fidèle Azor, ô bonheur ! ô surprise !
Intelligent, actif comme il est au hameau,
Va flairer des buissons, où l'amène la brise,
    Se ployant en arceau.

Vers un tertre blanchi, que le bosquet protége,
Il concentre d'abord tous ses sens attentifs,
Quand ses griffes au loin ont écarté la neige,
Il fait retentir l'air de murmures plaintifs.
Dans l'élan de son cœur que la douleur afflige,
Laure suivant la voix de ce guide inquiet,
Accourt vers l'animal que l'instinct seul dirige
    Dans l'obscure forêt.

A briser le verglas qui voilait la verdure,
L'actif Azor déploie une admirable ardeur.
Laure, mettant alors sa tête à l'ouverture,
Est saisie à la fois de joie et de frayeur.
Sa mère s'est montrée, à ses yeux étendue,
Sans force, sans vigueur, sur un lit de gazon,
Sous un berceau glacé de neige suspendue
    Aux branches d'un buisson.

Tout à coup d'un élan, que le péril excite,
Et qu'inspire à son cœur un filial amour,
Jusqu'au fond du buisson Laure se précipite
Vers le sein maternel qui lui donna le jour.

» Mère , parlez , dit-elle , à votre chère Laure !
» Qui vient de retrouver la trace de vos pas ,
» Et , le cœur tout joyeux de vous revoir encore ,
    » Vous serre dans ses bras ».

La fermière respire, et le regard qui brille
De ses yeux pleins d'amour , qu'elle rouvre parfois ,
Comme un regard mourant s'est fixé sur sa fille.
Son corps paraît sans vie et sa bouche est sans voix.
« Elle vit » , a dit Laure , en voyant ce visage ,
Au teint pâle et livide et par le froid transi ,
« Qu'on aille vite prendre un carosse au village
    » Et qu'on l'amène ici ! »

De Laure sur le champ les ordres s'accomplissent ;
La bergère aussitôt est portée au hameau ;
Les forces de son corps bientôt se rétablissent ,
Pour soigner ses enfants , sa ferme et son troupeau.
Ainsi Dieu protégea les jours de la fermière ,
Ainsi révéla-t-il , par ses bienfaits chéris ,
Qu'il avait de la veuve exaucé la prière
    Et les vœux de ses fils.

ENTRÉE D'UNE VIERGE DANS LE CIEL

ODE IV.

J'ai vu s'ouvrir sur moi les célestes portiques,
Loin des sombres ennuis de ce vil univers.
J'ai vu les saints fêter, par des chants magnifiques
Qui semblaient ébranler l'immensité des airs.
Une âme vertueuse, une chaste colombe
Qui, traversant les flots de l'azur radieux,
Dans un rapide essor, s'envolait de la tombe
      Vers la splendeur des cieux.

C'était une âme austère, une vierge souffrante.
La pureté brillait sur son front pâlissant.
Dans ses traits, des élus la beauté triomphante
Étincelait au loin comme un astre éclatant.
Dieu célébrait sa gloire avec magnificence,
Et les vierges du ciel unissaient de leurs mains,
Sur ses cheveux d'ébène, au lis de l'innocence,
      La couronne des saints.

Et des voix redisaient du sein de l'empyrée :
« Vierge, voici le Dieu dont l'image adorée

» Enflamma ton amour et tes chastes désirs.
» Du monde tu haïs l'allégresse éphémère,
» Viens jouir avec nous, bel ange de la terre,
  » Des célestes plaisirs ».

« Qu'ai-je fait, demandait cette fille timide,
» Pour me voir dans le sein du suprême bonheur ?
» Contre l'enfer jaloux, Dieu, mon souverain guide,
» A veillé constamment aux portes de mon cœur.
» Bon, tendre, prévenant, en largesses fertile,
» Il a daigné m'aimer d'un amour éternel.
» Quoi ! se peut-il, Seigneur, que mon âme fragile
  » Ait mérité le Ciel ? »

Les Anges répondaient : « Lorsque de fête en fête,
» Tout joyeux des festons qui couronnaient sa tête,
» Le mondain sans remords, promenait ses beaux jours,
» Toi, fuyant des plaisirs la folle jouissance,
» Tu fis de Jésus seul, ton unique espérance,
  » Tes plus chères amours.

» L'orphelin près de toi retrouvait une mère,
» Et la veuve affligée un ange tutélaire
» Qui savait de ses maux adoucir la rigueur.
» Au cœur de l'indigent que méprisait le monde,
» Tes bienfaits empressés, ta charité féconde
  » Ramenaient le bonheur.

» Ton zèle des enfants dissipait l'ignorance ,
» Quand de l'instruction , sous ta douce influence ,
» Leurs âmes s'abreuvaient dans les plus claires eaux ,
» Quand aux plus purs désirs tu formais leur jeune âge ,
» Comme on voit un berger, au meilleur pâturage ,
     » Amener ses agneaux ».

» Quoi donc ! quelques lauriers , recueillis dans ma vie ,
» Me rangent , disait-elle , au nombre des vainqueurs ?
» Dans cet heureux séjour , où mon âme ravie
» Voit des saints illustrés par le sang et les pleurs ?
» Pourtant , si l'étendard qu'arborait la licence
» N'a point réduit mon cœur par de brillants appas ,
» C'est que dans le sentier où marchait l'innocence
     » Dieu dirigeait mes pas.

» Que valait donc , Seigneur, l'encens de ma prière ,
» Pour qu'il m'ait attiré votre regard divin ?
» Si parfois j'essuyais les pleurs à la misère ,
» Et si j'ai soulagé les maux de l orphelin ;
» Mon cœur , triste jouet des vents et de l'orage ,
» N'en eût pas moins sombré dans l'éternelle mort ;
» Si votre bras puissant , me sauvant du naufrage ,
     » Ne m'eût conduite au port ».

Et les Anges chantaient : « Dieu vers lui te rappelle ,
» Viens jouir avec nous de sa gloire éternelle,

» D'où tu contempleras, sous les cieux étoilés,
» La lumière, l'azur et leurs mobiles ondes,
» Dans des globes nouveaux peuplés de nouveaux mondes
     » A tes yeux dévoilés ».

Tout à coup s'arrêta ce concert de louanges,
Qu'à la vierge chantaient les célestes phalanges,
Et Dieu parla devant tout le ciel réuni ;
Et ces mots, qu'inspirait à sa haute sagesse
     La plus pure tendresse,
En échos prolongés roulaient dans l'infini :

« Vierge, moi, Jésus-Christ, de mon trône suprême,
» Témoin de tes douleurs sur la terre anathème,
» Te voyais sur la croix t'immoler chaque jour :
» Ange, tu conservas de ta première enfance
     » La splendide innocence,
» Sainte, tu recherchas les larmes dans l'amour.

» Viens dans l'heureux séjour, où ma splendeur rayonne,
» Recevoir des élus l'immortelle couronne,
» Et la palme promise à ta fidélité.
» Mon cœur a de tes maux conservé la mémoire.
     » Dans le sein de ma gloire,
» Viens, contemple à jamais ma divine beauté ».

A MONSIEUR GAMEL
Président du Tribunal civil de Marseille [1].

ODE V.

Lorsqu'au premier aspect de la riante aurore
A l'horizon serein , tout le ciel se colore
Des rayons du soleil sortant du sein des eaux ,
De cet astre éclatant la lumière féconde ,
   En éclairant le monde ,
Replonge dans la nuit les célestes flambeaux.

Telle , ô grand magistrat que Marseille vénère ,
En voyant constamment votre sagesse austère
Confondre et flageller l'imposture et l'erreur;
Telle de vos amis , illustrés par un zèle ,
   Où la gloire étincelle ,
Votre clarté sublime éclipse la splendeur.

Mais dites-nous quelle est la première origine
D'un bruit qui dans Marseille à vous louer s'obstine ,
Vantant votre science et votre intégrité ;
Qui , des bords de la mer aux bords de la Durance,
   Sous le ciel de Provence ,
A partout répandu votre célébrité.

(1) Quand cette ode a été composée, M. Gamel était encore dans l'exercice de ses fonctions.

Est-ce un heureux hasard de l'aveugle fortune
Qui, plaçant, en dehors de la sphère commune,
Votre astre étincelant, l'aurait mis dans les rangs
De quelque autre planète élevée et brillante,
      Où d'une main savante
Elle semble guider les astres éclatants ?

Non, la fortune n'est qu'une trompeuse idole,
Qui de ses doigts ne peut façonner l'auréole
Dont brille quelquefois un front noble et serein :
L'amitié, qu'a pour nous cette reine légère,
      Est courte et passagère,
Ses roses d'aujourd'hui se flétrissent demain.

Est-ce le flot mouvant, que chaque jour apporte,
Des grands et des petits frappant à votre porte
Pour éclaircir un fait, excuser une erreur ?
Est-ce bien une foule empressée et servile
      Et son zèle stérile,
Qui par un faux encens ont fait votre grandeur ?

Non, non, du souverain d'une vaste contrée
La majesté n'est point auguste et vénérée,
Si d'un royal voisin il supporte un affront;
Quoique des courtisans il reçoive l'hommage,
      La honte est son partage,
Un éternel mépris est empreint sur son front.

Ce qui de votre nom fait la magnificence,
N'est donc point du public une heureuse affluence,
Mais votre instinct brillant de droiture et d'honneur,
Interprêtant si bien la justice éternelle,
      Qu'en vous même il révèle
Une haute science unie à la douceur.

Homme juste et prudent que la raison éclaire,
Magistrat inflexible, au noble caractère,
Partout vous flétrissez le vice et ses détours ;
Et vous manifestez, dans votre âme énergique,
      Un zèle antipathique
A ceux qui du sophisme empruntent le secours.

Qu'il est beau de vous voir mériter nos hommages !
En démasquant l'erreur, en perçant les nuages,
Voilant les procédés de la fraude et du dol ;
En faisant resplendir la clarté la plus pure,
      Dans cette nuit obscure,
Par l'éclatant aveu de l'injure et du vol.

Qui n'a pas admiré ce courage intrépide,
Dans nos récents malheurs notre suprême guide ?
Qui, malgré l'anarchie et ses sanglants forfaits,
Bravant les cris de mort de la révolte en armes,
      Sans peur et sans alarmes,
Entre elle et le pouvoir sut maintenir la paix.

Pour ce beau dévouement, pour cette pure gloire
Qui du nom de Gamel illustre la mémoire.
Dieu ne devrait-il pas, propice à nos desseins,
Fixer dans votre main, puissante et modérée,
    La balance sacrée
Qui décide du sort des vulgaires humains ?

Hélas ! non, aux travaux d'une noble carrière
Votre limite d'âge opposant sa barrière,
Marseille a déjà vu vos enfants adoptifs,
La veuve et l'orphelin, qui n'ont d'autre défense
    Que leur seule innocence,
Faire retentir l'air de ces échos plaintifs :

« Adieu tendre Gamel, dont la haute sagesse
» Du pauvre abandonné protégeait la faiblesse,
» En quittant le Palais vous nous attristez tous.
» Notre faiblesse en vous trouvait un second père,
    » Dont la bonté sévère
» Confondait les méchants conjurés contre nous.

» L'histoire nous apprend que les peuples antiques
» Décernaient un triomphe aux guerriers héroïques,
» Que la fortune avait couronnés de sa main ;
» Pour immortaliser, dans Athène et dans Rome,
    » La gloire d'un grand homme,
» On imprimait son nom sur les tables d'airain.

» Sur aucun monument de bronze ni de pierre ,
» Si nous ne lisons point votre nom tutélaire ;
» Ce nom que vos vertus ont su rendre immortel ,
» A jamais brillera d'une splendeur immense ,
  . » Dans l'heureuse Provence ,
» Où chacun dans son cœur vous dédie un autel ».

LE DÉPART

ODE VI.

Prends ton rapide élan et fais murmurer l'onde,
    Navire aux trois mâts pavoisés,
    Transporte, aux bords du Nouveau Monde,
    Ces cœurs par le Ciel embrasés,
Ces prêtres conquérants, qui vont, sur d'autres plages,
Affronter le mépris et les sanglants outrages
    Des peuples incivilisés.

Pendant que tu t'en vas vers ces lointaines rives,
    Où l'eau s'entoure de déserts,
    Je veux à des stances plaintives
    Confier des soupirs amers.
Que tes mâts élancés, que tes vergues tremblantes
Devenant le jouet des vagues écumantes,
    Ne roulent point au fond des mers !

Reste dans tes climats, ô dévorante haleine,
    O souffle enflammé des autans,
    Et loin de la liquide plaine,
    Détourne tes baisers brûlants.

Que ce hardi navire, exempt de ta furie,
Porte ces exilés dans une autre patrie,
    Où brillent des bords verdoyants.

Respectez, vous aussi, ces courages sublimes,
    Impitoyables aquilons ;
    Que leur vaisseau sur les abîmes
    Trace de paisibles sillons !
Aux rayons du soleil, sous le feu des étoiles,
Evitez constamment à sa proue, à ses voiles.
    Ecueils, tempêtes, tourbillons.

Viens, paisible Notus, et sur l'humide empire
    Fixe ton séjour bien aimé,
    Et dans les voiles du navire
    Ramène ton souffle embaumé.
Tout l'Univers chérit tes aimables caresses ;
Au zèle courageux prodigue tes largesses,
    Prête ton concours renommé.

Le voilà ce vaisseau, bienveillante Amérique
    Vers ton rivage libre et sûr,
    Sortant du sein de l'Atlantique,
    Tout brillant d'un mobile azur :
Voyez, Américains, cette nef vagabonde,
Dérivant doucement au caprice de l'onde,
    Sous votre ciel riant et pur.

Elle arbore à vos yeux les couleurs de la France,
  De loin distinguez à son bord,
  Ces conquérants, pleins d'espérance
  Qui, dans un sublime transport,
Viennent faire briller la céleste lumière,
Aux peuples ignorants qui vivent sur la terre,
  Assis à l'ombre de la mort.

Changez, Américains, l'amour des biens frivoles
  Pour l'amour des biens éternels ;
  Veuillez écouter les paroles
  De ces apôtres immortels ;
Qui, fuyant les splendeurs de l'or et de la soie,
Viennent dans vos climats où Rome les envoie,
  Au Christ élever des autels.

DERNIÈRES PAROLES DE LOUIS XVI

(21 JANVIER 1793).

———

ODE VII.

Me voici donc enfin au bout de mes tortures,
Et le soleil qui brille est mon dernier soleil ;
De sa douce chaleur, de ses clartés si pures
    Je ne verrai plus le réveil.

Mais, avant de mourir, bel astre qui m'éclaires,
Ciel, qui depuis quatre ans, vois mes croix et mes pleurs,
Monde, qui m'abreuvas à tes coupes amères,
    Que cachaient à mes yeux des fleurs.

Ecoutez les accents de mon âme attendrie
Et le sanglant récit des maux que j'ai soufferts,
Dans mes efforts tentés pour sauver ma patrie
    Croulant sous le poids des revers.

Je rappelai Necker, qui, par un coup de tête,
Dans le sein de Versaille amena les complots ;
Mirabeau, qui pouvait apaiser la tempête,
    Lui-même en irrita les flots.

Au seul bruit de sa voix , l'Assemblée insolente ,
Du souverain pouvoir envahissant les droits ,
Dévoua les excès d'une audace sanglante ,
    A renverser toutes les lois.

De mon cœur , jeune encor , une folle espérance ,
Croyant du Tiers-Etat vaincre l'inimitié ,
Et de son premier feu calmer l'effervescence ,
    Pour lui j'ai tout sacrifié.

Mon repos ! Des douleurs , des maux intolérables ,
Que cachait le pouvoir sous des dehors trompeurs ,
En faisant de mes yeux, sources intarissables ,
    Ruisseler des torrents de pleurs ,

Changèrent , de mon règne interrompant les charmes ,
Dans l'état malheureux où le sort m'a réduit ,
Mes doux transports de joie en amères alarmes ,
    Mes jours en éternelle nuit.

Ma liberté ! D'abord , un pouvoir anarchique ,
Poursuivant follement le cours de ses forfaits ,
Inquiet , soupçonneux , violent , tyrannique ,
    Me surveilla dans mon palais.

Puis , pour fuir les assauts d'une horde aveuglée
Qui commit contre moi mille attentats divers,

Je choisis un refuge au sein de l'Assemblée,
  Et je fus jeté dans les fers.

Ma vie ! Ah ! quand j'ai vu sur ces rives fleuries
Que la paisible Seine arrose de ses eaux,
Dans mon royal palais, au sein des Tuileries,
  Entrer une foule en lambeaux,

Ardente, furieuse, avide de pillage,
Avançant malgré moi, terrassant mes soldats,
Assouvissant sa haine et sa soif de carnage
  Par d'horribles assassinats ;

Je compris que, plus tard, cette noire colère,
Elevant dans Paris un échafaud pour moi,
Sous les flots bouillonnants du torrent populaire,
  Abattrait ma tête de roi.

Ah ! l'heure de ma mort est maintenant venue,
De ce sombre cachot je vais franchir le seuil,
Bientôt par les bourreaux ma dépouille rendue
  Reposera dans son cercueil.

Je vous offre, Seigneur, mon cœur, mon innocence,
Dans le supplice affreux où je suis attendu ;
Que mon sang, que je donne au repos de la France,
  Soit le dernier sang répandu !

Adieu , mon fils , adieu , mon tendre fils que j'aime ;
Si le Ciel te sourit , ne venge point mes maux ,
Rends plus brillant encor l'éclat du diadème ,
    En pardonnant à mes bourreaux.

Surmonte , ô mon enfant , l'ennui qui te consume ,
Confonds tes ennemis par de nouveaux bienfaits ,
Dans ma coupe de fiel bois , avec l'amertume ,
    L'oubli des maux qui te sont faits.

Adieu , ma fille , enfant qu'on blâme d'être née
Dans la cour des Bourbons , dans le palais des lis ,
A ton tour puisses-tu n'être pas condamnée
    Au supplice du roi Louis !

Quel que soit l'avenir que le destin te donne ,
La joie et le bonheur ou les pleurs et les croix ,
Rappelle-toi que l'or fait resplendir un trône
    Et la clémence les grands rois.

Adieu , ma tendre épouse , ô reine infortunée ,
Qui , partageant toujours ma joie et mes revers ,
Du trône de la gloire où je t'ai couronnée ,
    M'as suivi jusque dans les fers.

Ta royale grandeur et ta magnificence
Eclipsent les Hapsbourg , leur mérite et leurs noms ;

Et tes tristes douleurs d'une reine de France
    Ont fait la reine des Bourbons.

Adieu, ma chère sœur, dont Paris, par ses crimes,
Fait resplendir au loin les plus nobles vertus,
Qui, dans tous nos malheurs, as su rendre sublimes
    Nos cœurs par les pleurs abattus.

Adieu, je vais finir ma fatale carrière.
La mort est le dernier de mes pas triomphants.
Reste, par tes conseils, un ange tutélaire
    Pour mon épouse et mes enfants.

Qu'importe de l'Enfer que la colère gronde,
Si le Ciel ceint mon front d'un laurier immortel,
Si, par ma mort, mon nom grandit devant le monde,
    Et si ma tombe est un autel.

ALSACE-LORRAINE

CANTATE

UNE VOIX

Les Teutons sont venus dans le feu des batailles ,
Au signal des clairons , aux appels des tambours ,
Couvrir notre pays de noires funérailles ,
Brûlant et ravageant nos villes et nos bourgs.
    Au sein de nos riantes plaines ,
    Campaient leurs affreux bataillons ,
    Et partout les foudres germaines
    Bordaient collines et vallons.

UNE AUTRE.

Le Rhin les vit : le Rhin agité dans sa course ,
Comme s'il eût voulu remonter vers sa source
    Semblait épouvanté ,
Le Donon a tremblé jusqu'aux plus hautes cîmes ,
Entendant des Teutons rouler dans les abîmes
    Le tonnerre indompté.

UNE AUTRE.

Rhin , qui vient s'opposer à ton élan rapide ,
Et troubler follement de ton onde limpide
    Le cours majestueux ?

Donon, par quel hasard tes paisibles vallées
Ont-elles tressailli par la foudre ébranlées
    De tremblements affreux ?

CHŒUR.

Le fleuve et la montagne ensemble vous répondent :
« Ah ! nous venons de voir des Teutons en courroux
» Une armée accourir et s'abattre sur nous,
» Des Français dispersés les ordres se confondent.
» Leurs derniers bataillons, culbutés à leur tour,
» Ont perdu Reischoffen, Hagueneau, Wissembour.
» Du féroce Germain une insolente audace,
» Au nom sacré de Dieu combattant pour l'Enfer,
» Détruit, ravage tout par la flamme et le fer ;
» Et la mort a jonché les plaines de l'Alsace
» D'hommes et de chevaux, gisant de toutes parts,
» Sur des drapeaux sanglants, des fusils et des dards. »

UNE VOIX.

    Dieu tout puissant, Dieu de vengeance,
    Sur les larmes de l'innocence
    Jetez un regard de vos yeux,
    Ecoutez nos cris de détresse
    Contre un tyran qui nous oppresse
    Protégez nos jours malheureux.

UNE AUTRE

Confondez la gloire jalouse
De ces Teutons pleins de fureur,
Qui, de Forbach jusqu'à Mulhouse,
Sèment la mort et la terreur.

UNE AUTRE

Que votre bras rompe la chaîne,
Qui tient l'Alsace et la Lorraine,
Dans les pleurs, le sang et le deuil !
Et que Bismark qui nous méprise
Sous votre bras vengeur se brise
Comme un esquif contre un écueil !

CHŒUR

Dieu tout puissant, Dieu de vengeance,
Sur les larmes de l'innocence
Jetez un regard de vos yeux.
Ecoutez nos cris de détresse,
Contre un tyran qui nous oppresse,
Protégez nos jours malheureux.

UNE VOIX

France, que nous aimons ton regard plein de charmes !
Quand, dans nos villes et nos champs,
Tu viens, par tes dons éclatants,
Alléger le poids des alarmes ;

Quand, malgré les Teutons. malgré leur joug cruel,
 Tu viens épancher à toute heure ,
 Dans le cœur de celui qui pleure .
 L'amour de ton cœur maternel.

UNE AUTRE

Amis , rendons hommage à l'amour de la France ,
A tous les biens charmants que sa main nous dispense.
Aux insignes faveurs dont elle nous poursuit ,
Et dont. depuis quatre ans. chaque jour nous instruit.

 Que ses généreuses tendresses .
 Que ses bienfaisantes largesses,
 Envers ses enfants malheureux ,
 A chaque instant renouvelées ,
 Dans nos campagnes désolées ,
 Comblent nos désirs et nos vœux !

CHŒUR

A la France , ta mère , à ses bontés chéries .
Alsace , offre tes bois et tes rives fleuries .
Tes tapis verdoyants de houblon et de lin ,
Et le cristal des eaux qui sillonnent ton sein;
Et vous, Alsaciens, trahis par la victoire,
De la France à jamais conservez la mémoire;
C'est elle en vous créant qui vous créa si grands ,
C'est pour vous un honneur de mourir dans ses rangs,

Et vous , tendres enfants , à qui Dieu donne l'être,
Consacrés à la France , avant même de naître ,
Tous, vous êtes Français dans vos jours innocents ;
Tous, vous serez Français jusqu'à vos derniers ans.

UNE VOIX

Alsace , que la main de la Prusse a souillée ,
    Que Dieu propice à tes desseins
Change tes jours de deuil en des jours plus sereins,
    Où, de son sommeil réveillée,
La France de tes bords expulse les Germains !

UNE AUTRE.

Alsace , si la Prusse , altière et menaçante ,
Te voyant à la France attachée à jamais ,
Pour te meurtrir de fers aggravait ses forfaits,
Si Bismarck te disait , d'une voix insolente :
    « Insulte ce drapeau français ,
» Qui ne peut dissiper l'effroi qui t'épouvante,
» Ni ramener l'espoir dans ton cœur abattu ».
    Alsace , que répondrais-tu ?

CHŒUR.

Plutôt cent fois la mort que d'insulter la France ,
Grande dans ses revers , grande dans sa vaillance ;
Toujours persécutés , mais toujours généreux ,
    En l'aimant nos cœurs sont heureux.

UNE VOIX

Heureux tous les Français qui vivent sous sa loi !

UNE AUTRE.

Heureux l'Alsacien qui lui donne sa foi !

UNE AUTRE.

Oui , que la France soit notre unique espérance !
Seule , elle nous pourra sauver des léopards ,
Qui , de sang altérés , dans nos plaines épars,
    Vinrent égorger l'innocence ;
Oui , tous , petits et grands , jeunes comme vieillards ,
    Jurons de mourir pour la France !

CHŒUR.

Plutôt cent fois la mort que d'insulter la France ,
Grande dans ses revers , grande dans sa vaillance .
Toujours persécutés , mais toujours généreux ,
    En l'aimant nos cœurs sont heureux.

Nîmes. — Typ. Clavel-Ballivet, rue Pradier, 12.

TABLE DES MATIÈRES

contenues dans ce recueil.

TROISIÈME LIVRAISON.

QUATRIÈME LIVRAISON.

CINQUIÈME LIVRAISON.

SIXIÈME LIVRAISON.

FIN DE LA TABLE.

Nimes. — Typ. Clavel-Ballivet, rue Pradier, 12.

Sixième et dernière Livraison.

LES

SOUPIRS DE MA LYRE

ESSAIS POÉTIQUES

PAR

MARIUS COSTE

QUATRIÈME ÉDITION REVUE ET CORRIGÉE

MARSEILLE

EN VENTE A LA LIBRAIRIE MABILLY

24, Allées de Meilhan, 24

1875

Nimes. — Typ. Clavel-Ballivet, rue Pradier, 12.

www.ingramcontent.com/pod-product-compliance
Lightning Source LLC
Chambersburg PA
CBHW061500030726
47503CB00005B/1754